把砒霜
留給自己

目次

第一章 致電請＋852

目次

第二章 憂憂愁愁地優優遊遊

目次

第三章 電影院裡嚴禁咳嗽

第一章

致電請+852

01 洗碗

一

這是一個勵志的故事，由始至終，我都這樣相信。

一切還得從那張不及格的英文默書卷說起，我們的故事主角，輝仔，是一個就讀於汕頭同鄉會李丙荃紀念小學下午校的六年級學生。

「二十二分？陳天輝，你有沒有搞錯？」手執英文默書卷的陳太，激動大罵：「死仔包[01]，沒救啦你！」

要知道六年級是個關鍵，學生每份功課和測驗也會拿來呈分，直接影響升中派位[02]（某些老師更恐嚇，說進那家中學會影響你的餘生）。是以，這天晚上，陳太罵得特別起勁。

坐在旁邊沙發上，一直緊皺眉頭的陳先生，心裡其實沒多大感覺，可為了息事寧人，及時趕看八點半的飲食節目，他唯有敷衍幫口：「輝仔，這你就不對啦！來，不要站在這邊，你默書不及格，我罰你把碗都洗了！快點進廚房……去去去！」

留意，恍如歷史上絕大部分的偉人大事，原爆點往往是些雞毛蒜皮的小事，就是陳先生這句無心插柳的話，發揮了牛頓頭上蘋果的作用，改變了輝仔接下來的命運軌跡。當然，直到這刻為止，他自己還是不知道的。

匡啷一響，輝仔把碗碟甩在廚房洗手臺上，差點沒打破。他嘆了口氣，扭開水龍頭，拿起清潔海綿，塗上一點檸檬味洗潔精，不情願地洗起碗來，心裡不是味兒。總是這樣，為了不洗碗，成年人總會編出許許多多，瑰麗堂皇的藉口，忙呀累呀主婦手呀給小朋友練一下……拜託，你的子女可不是臺廉價洗碗碟機。

且慢，那是什麼來著？

在輝仔滿心抱怨的剎那間，他突然從洗手臺上的窗戶中，看見點什麼。

就在馬路對面的大廈，相同層數的一個圓框小窗裡，居然有一長髮女子，正輕盈擺動著雙手，臉上是種舒適喜悅的表情……毫無疑問，那是住在對面的黃小姐。

她在……洗澡？

要知道，僅僅作為一個小學六年級生，女人對輝仔來說還不算是必需品。可若讀過佛洛伊德在《圖騰與禁忌》對戀母情結的精神分析，我們也必知道，男性對女性身體存在興趣及遐想，這是種與生俱來的本能。所以，從發現廚房窗戶居然可以清楚看見黃小姐浴室的這一秒鐘開始算起，輝仔那十一歲的人生價值觀給完全顛覆了。

洗碗，從此變成天下間最賞心的樂事。

直到黃小姐沐浴完畢，關燈離開前，輝仔陶醉於把碗碟洗乾淨的這份差事中。

「死仔包，洗碗洗這麼久，玩水啊！」身後陳太又罵。

翌日晚飯後，為了分擔母親的辛勞，孝順（或食髓知味）的輝仔主動要求洗碗，還堅拒了父親的好心協助，說「長大了就應該自己洗碗」。可在父母的讚嘆下，輝仔卻失望發現，原來他們當天晚了吃飯，洗碗時看到的，就只有黃小姐包著毛巾的苗條背影。

「不行！假設黃小姐每天同樣時間下班，同樣時間洗澡；為了完美配合，我也一定要在同樣時間洗碗！」怨恨的輝仔，咬牙切齒地洗著碗。

他萌生出一個計劃。

二

麥克亞瑟將軍曾經講過：「有絕妙的計劃，必須不遺餘力地實施。」一雖然輝仔只是個小六生，還沒學西方歷史，可他此刻的人生觀，大概會與這二戰時期的盟軍總司令有雷同之處。

假設黃小姐每天七點四十五分抵家，八點洗澡，那就是說，輝仔一家必須於八點前吃完飯，並開始洗碗；推算上去，如果陳太能夠在六點半開始煮飯，七點開飯，時間上應配合得天衣無縫。讀下午校的輝仔，每天五點半放學，距離晚飯還有鬆動的兩個小時，策略上，這是個完美的計劃。

除了一個變數。

由於陳太非常擔心輝仔的成績，怕他考不上中學，所以從這學期起，讓輝仔送到了樓下的樂樂補習學校，給補習老師督導功課：星期一至五，晚上六至八，連補兩小時。時間上，這完全摧毀了輝仔的洗碗計劃。唯一解救方法是盡早完成所有功課，只要能夠完成所有功課，把所有問題答對，經過補習老師的檢查後，就可以「提早放行回家」。

有絕妙的計劃，就要不遺餘力地實施，一想到這解救方案，輝仔即不遺餘力實行起來。從此，為了準時回家，準時吃飯，準時吃完飯，準時洗碗，輝仔必須把平常在補習班跟小強玩「彈橡皮膠」的時間都省去，專心做功課。

「陳天輝，你最近好用功哦，為什麼呢？」補習老師好奇。

「我要趕回家洗碗！」輝仔用力寫鉛筆字。

補習老師還道他母親有啥絕症，躺在病床上洗不了碗，見兒子如此乖巧地主動幫忙，非常感動：「陳天輝同學，你真孝順，其他小朋友要好好學習哦！」

有時候當學校翌日有默書，輝仔更要提早在學校就把功課做完，好讓自己能在補習時複習，因為，只有成功默好書的小朋友，才可以早走。

久而久之，潛移默化，輝仔把所有胡混的空閒時間都用來複習。為了及早脫身，提早回家，他越做越快，越做越快，越做越快……直至，他把所有功課都做完，把所有默書都考到滿分。心裡只有黃小姐裸體的輝仔，他根本沒有發現，自己在學校的成績正以不可思議的速度，從最尾第二名，直飆到全級第一。

這是一個勵志的故事，由始至終，我都這樣相信。學期末，輝仔更因為成績猛進，上臺領了「最佳進步獎」。一切，都因為洗碗。

這晚，輝仔終於把功課完成了，滿身大汗奔回家，準備好好享受洗碗的樂趣，誰知一開門，他就覺得有點不對勁。陳先生站在屋內，興奮道：「今天媽媽不在家，我叫了Pizza，不用洗碗，開心吧！」輝仔立即嚎啕大哭。

菜市場內，陳太遇到了住在樓上樓下的林太和李太，說起輝仔近日的轉變：「我兒子又會讀書，又會洗碗，唉喲，多懂事！」奇怪是，不論是林太或李太，她們都不約而同說起了類似的話：「啊？那麼巧，我老公最近也常幫忙洗碗！公司裡更升職了！」

三位太太面面相覷，想到家人最近改變，即一臉安慰的繼續買菜，準時回家煮飯。

---

01 死仔包：廣東俚語，意指「臭小子」。

02 呈分……升中派位：意指香港教育局會根據全港小學生的校內成績來進行排名，排名越高，獲派到理想的名校或英文中學的機會越高。

02
睡房暗殺者

「天生我才必有用。」對於我和你，以及世界上絕大部分的凡夫俗子來說，這種裝模作樣說話，大概只能在失意時安慰自己，或在酒吧裡泡妞時才用得著。可是對阿簡來說，這話說的是他的人生。

關於阿簡和他的天賦，要從他十三歲說起。

那年，阿簡在某名牌男校讀中二，成績中游，身邊插科打諢的大多是些沒養分的損友。那是個鬱悶的六月天，小息時間，坐阿簡身後的阿肥問：「我放學後要去個好地方，你要一起來嗎？」

那時候，阿簡還是個天真的孩子，是以放學後，當他跟阿肥來到旺角好景商業中心時，他還沒意識到，那將是衝擊他人生觀的大日子。朋輩影響、青春躁動、男校缺乏異性之壓抑，多種因素的陰陽交差下，構成了一個宿命結局：當天晚上，阿簡拿著那一百塊五支的翻版色情光碟，完成人生第一遍自瀆。當電腦屏幕上被偷拍的女明星，衣服還沒給男人完全扒下，阿簡腿間已是一陣哆嗦。年僅十三歲的他感到困惑，不確定剛發生了什麼回事。

到阿簡發現不妥，那已經是兩天後的事，他正坐在家裡沙發上看新聞：「突發消息，著名女星孫麗麗被發現倒臥家中，懷疑服用過量安眠藥，送院期間證實不治，終年三十六歲。」阿簡愣住了，連母親遞過的水果盤也忘了去接。「孫麗麗是本港著名影星，曾參演過多達四十部電影，近年受桃色糾紛困擾，更有傳被人偷拍成色情光碟……」

阿簡看著電視，跟腦海中，前幾天看過的色情光碟女主角作臉孔對照。毫無疑問，那是同一個人。當下，阿簡就只單純認為那女影星是因為被人偷拍而自殺。至於自己曾看過那張色情光碟，更把這位已經命喪黃泉的女影星作為幻想對象，阿簡搔頭，只感覺有點不幸和噁心。

一星期後，阿簡又在報紙看到一則奇怪新聞：日本關西地震，某大廈倒塌，數十人被壓斃，其中一個是著名 AV 女優青木代代子……

「慢著。青木代代子，不就阿肥前天給我的光碟嗎？」

阿簡感到那裡不對勁，又說不出口。

隨著時間流逝，阿簡這種納悶情緒不斷滾大。每當他從電視電臺、報紙雜誌、或朋友口中得悉某某女影星、女模特、女歌手因急病或意外死去，同學感慨又少一個幻想對象同時，阿簡總會暗暗心驚，懷疑世上怎會有如此巧合。

難道，自瀆會殺人？

他當然知道男性的自瀆叫「打飛機」，國語叫「打手槍」，然而所謂的手槍，應該是指胯下挺直的雄性陽具，而不是一柄真正的手槍吧。他無法想像自己的性器上居然有一發隱形的子彈，在他射精的一瞬，子彈也會超越所有物理定律般地飛到自己的幻想對象前，取人性命。然而，接二連三的巧合，讓他不得不接受這根本不是巧合，而是百發百中的因果。

讀大學時，阿簡特別去念物理，嘗試算出當中的蝴蝶效應，推論為何自己在睡房裡自瀆竟會引至十萬里外的人死亡。很遺憾，大學三年，阿簡始終找不出原因。曾有一段時間他變得抑鬱，不敢自瀆，也加入了某個作風保守的地方教會。該教會反對青少年自瀆，把它視之為魔鬼試探。阿簡在分享會上向教友們保證，自己一定能夠戒掉沉溺多年的自瀆習慣（他當然沒有說出真正原因，以免嚇死教友）。大概有半個月的時間，阿簡果真戰勝了血氣方剛的性衝動，也拯救了無數位 AV 女優的命。然而他戰勝了自瀆，卻始終戰勝不了夢遺。一個月後，在表姊的喪禮上，阿簡絕望了，無法理解自己為何會在睡夢中對身邊熟人，特別是自己的親戚產生性幻想。他痛恨自己，也痛恨自己的陽具，崩潰得在靈堂上昏了過去，父母還覺得他是太愛表姊了。

於是他繼續自瀆，徹底地放縱自己，沉淪下去。暗黑化的阿簡萌生了一種自毀的想法，覺得讓早日腎虧性無能，對世界未嘗不是一件好事。可他實在是太看低自己了，畢竟年青，無論他一天打三發、五發、還是七發（基本上已經是男性極限了），只要睡一覺，吃兩顆雞蛋，明早起來，那話兒還是能挺直。後來，他為了讓自己好過一點，專門挑一些結了婚生了小孩的五十路[01] AV女優來幻想，讓那些二十出頭的女優能夠多把握青春，逃過一劫。

直至二十三歲生日那天，國安局找上了他，阿簡的生命才走出陰霾。他猜不透國安局是如何得知自己的事，可從那天起，阿簡變得積極，每個星期二，他都會到中央郵局的掛號信箱取一個牛皮膠袋回家，把裡面的七張照片釘在牆上。一星期七天，他會按指示把這些隱匿於地球某處，逃避著國家追殺的政治犯和異見人士都投射於自己的性幻想裡，遙距執行祕密的刺殺任務。

剛開始時，他發覺要把自己性向跟口味改變（畢竟政治犯有男有女，有老有少，不全然跟色情影片裡的女優般漂亮），那實在有點困難和變態。不過，人畢竟是適應能力強的生物，隨著國家幫他在瑞士銀行設立的戶口裡，那銀碼拖著的零越變越長，阿簡也變得越無所謂。

他搬進了超級豪宅，開著超級跑車，維繫著世界的和平。

至於死在他手下的那堆被狙擊目標，他們是誰，確實幹過些什麼，阿簡不曾過問。而當新認識的朋友被問及職業時，阿簡總會輕笑一下，說自己是個攝影師。一次，他在街上巧遇阿肥，二人打從初中畢業便沒再聯絡，久別重逢。離開時，阿簡想起什麼，回頭跟阿肥說：

「謝謝。」

時至今天，這位睡房暗殺者始終沒有戀愛。他不敢。

01 五十路：日文漢字，意指五十歲。

03 提款機裡沒有人

童年總有這一幕。看見父母從提款機領出鈔票，除了認為錢原來就是這麼一回事，不夠用的時候就隨心所欲去領取，還會奇怪，櫃員機[01]裡藏著的那個人，他一直蹲著，難道不會疲倦嗎？

「所以要努力讀書，長大後別學櫃員機叔叔啊。」頑皮的家長還會趁機教導：「跟叔叔講掰掰啦！」

直到某天，當看見藍色工作服的維修哥哥把櫃員機掀開，發現裡面除了滑輪、傳送帶、和一大堆唸不出名字的電子零件，根本沒有空間容納任何人，幻想不攻自破。

然而，就像初生嬰兒長有陰陽眼，孩子的想像往往能觸碰到最真實的世界。

提款機裡確實沒有人。

可是有我。

我當了一臺提款機有多久了，這不太好說，情況有點像人類新教徒信奉的那位上帝，是自有永有的。硬要給一個說法的話，也許從這家銀行在這條街上開分店，店外放了幾臺提款機開始，我就存在了。我感受時間的方式跟人類不同，曆法對我來說是沒有意義的，反倒是白晝和黑夜，晴天和雨天，銀行外排隊人潮穿著的衣服，讓我判斷到，這是一個好日子，還是一個壞日子。

好日子是太陽放晴時，一個留長髮的少女來領錢。我喜歡她的衣著，下身一條海軍藍長裙，上身一件淡黃色T恤衫，腰部看起來格外窈窕。排隊時，她並沒如其他人一般低頭掃著手機，只安靜看前方出神。她的髮絲和身段的輪廓在陽光照射下，有一種恍惚又隱約的夢幻感。當然，我喜歡她的最主要原因，是因為她領錢時觸按的手指，力度很輕，我猜她一定是個彈鋼琴的人。

壞日子是下雨天，空氣潮濕得連鈔票也能擠出水，我卻偏偏遇上了劫案。行雷閃電的夜晚，一名中年婦女領了三千塊，我猜她翌日是要到別人家去打麻雀[02]，一個戴鴨舌帽，穿牛仔外套，一直站在後方假裝按手機的男人，突然拔出一把瑞士軍刀，橫放中年婦的頸項前。

「打……打劫！」他緊張得口吃：「把……把錢給我……我！」

我猜這是他第一次犯案，除了因為他的雙眼通紅得快要哭出來，他拿著的瑞士軍刀，也錯誤扭至開瓶器那一環。

當然，從中年婦的角度來看，皮膚上的金屬是同樣冰冷，她不會分得清。她驚叫幾聲，有點像義大利歌劇院的女高音，男人即加緊手上力度，拜託她別吵，大家也是求財而已。我實在搞不懂男人的想法，畢竟銀行內外裝了十數部閉路電視，他每一個角度也將記錄在保安雲端系統，比紅地毯上的明星還清楚，逃不了的。

於是，我為了把鬧劇提早落幕，自行調節到錯誤模式。

「嗶嗶嗶……」我把每一張原本用來打印發票的紙張都噴出去，頃刻間，小小玻璃房裡像下雪。男人嚇得跌在地上，軍刀脫手。

他大哭起來，比中年婦的哭聲還要大：「對不……不起！」

我這才聽清，原來他是先天口吃。

世界上也有不好不壞，只能說是平凡的日子。

例如一個老婆婆，她每天早上也會來，卻不為領錢，只反覆查閱戶口結餘。她的戶口就只有一萬五千一百一十三塊，她每天卻會一個一個數字仔細讀唸出來，確保金額無誤，然後安心點頭，取卡離開。

對她來說，把錢放在銀行過夜也許就像餅乾盒中的私己錢[03]，是一件具風險的事。我猜，在老婆婆眼中，那筆少少的金額，比許多東西都還要大。所以當一些黃毛小子在老婆婆身後等得不耐煩，發出「嘖」的不滿聲音，我總會在輪到他領錢時，故意吃掉他的卡。

然而，作為這一條街上的提款機，叫我印象最深刻的，還是星期三下午的兩爺孫。

每一個風和日麗的星期三下午，那位滿頭白髮，身材頗為壯健的老爺爺，都會到銀行隔壁的幼稚園去接孫子。引起我注意是老爺爺每次都會來銀行兩遍。第一遍是在接孫子之前，他會先到我旁邊的自動入帳機存入一張一百塊。第二遍是接了孫子以後，他會攜同孫子到我這邊來，領出另一張一百塊，然後轉交給孫子。每當我如他所願吐出一百塊，老爺爺先拿著鈔票，前後翻看一下，接著露出一個奇怪的表情，把鈔票給予孫子。孫子興高采烈的把玩著鈔票，這時候，老爺爺就會一邊拖著他離開。

我一直不解這現象，如果人類也有規律可言，我實在想不透老爺爺在前後五分鐘，把一張鈔票存進去，又把一張鈔票領出來的目的為何。直到某次我看見孫子在拿了鈔票以後，在銀行外扯住爺爺的衣袖發脾氣，鈔票丟在地上，已經變得皺巴巴，多了幾條摺痕。孫子的脾氣鬧得很誇張，甚至會倒在地上大哭，途人無不側目。我看見，老爺爺看著孫子的表情，跟他拿起我吐出的一百塊後所露出的很像。那是一種無能為力的失望。

我問旁邊的入帳機，老爺爺存入的鈔票有否什麼特別。它有點不屑地回答：「每次他都存入一些摺過的鈔票，我吃得好不舒服！」

我想我知道這是什麼一回事了。

孫子在學校裡學到了摺鈔票，回家一直嚷著要摺，還要是從一張新領的鈔票上，憑自己能力去完成，卻一直摺不好。老爺爺為了不想孫子失望，每次也會先把弄好摺痕的鈔票存入，想待會在孫子面前把錢領出就行。老爺爺不明白的卻是銀行外的自動入帳機和提款機，它們根本不連接在同一個系統上。儘管老爺爺打開的是同一個戶口，從我朋友口裡進去的那張摺痕鈔票，根本不可能從我的口中吐出。於是，老爺爺只能一次又一次地失望。

接下來的禮拜，我知道了兩件事。一是我從兩個打簿[04]的婦人口中得知，銀行隔壁是一家特殊幼稚園，那裡就讀的都是一些患有輕度自閉症的孩子。我開始理解到孫子為何對摺鈔票如此堅持，而老爺爺也一而再而三地失望下去。

第二件事是，我們從例行檢查的修理員口中得知，銀行快搬了。

修理員跟同伴偷抽著煙：「對啊，搬到河的對岸，店面大多了。」

我知道無論新的店面有多大，我也再不會看見星期三下午的兩爺孫了。我決定在離開之前，幫他們一把。

我拜託入帳機在夜深人靜的時候，教導我老爺爺存入的鈔票上的摺痕。那不是一件簡單的事，畢竟作為一部提款機，摺紙並不是我們的職責所在。我們只能用簡單的言語交流，入帳機不耐煩地形容著，鈔票上的那一個位置，會有一條摺往那一個角度的摺痕。我經歷無數遍惱人的失望，瀕臨放棄的絕望，終於把五十多條摺痕都銘記下來，幻想出摺出來的實物到底是什麼。

那是一朵花。

於是我又開始運用儲存在體內的一百塊鈔票，反覆在滑輪和輸送帶上推磨，盡可能把在每一個輪軸的轉折位上加重油壓，或加快速度，在鈔票上壓出一條一條方向和角度都吻合的摺痕。這個步驟比學習如何去摺還要困難，要知道作為一部提款機，我們的先天優點（或缺點）是避免卡紙，我們吐出的鈔票都要盡可能地平坦，尤如人類的徒手潛水員，我這簡直是挑戰了自己的體能極限。

結果，我還是做到了。我用了一張一百塊鈔票，摺出了一朵花。我把摺痕鈔票藏在體內的一個位置，等待下一個星期三，老爺爺和孫子再臨。一如既往，那是一個風和日麗的下午，直到好久以後我也沒有忘記，當老爺爺把鈔票拾上手，發現這張一百塊居然有著花朵的摺痕，他雙眼微睜，驚奇的容貌。他也許在想，為何在這一天，自己剛存入的一百塊錢，終於回到自己手上的呢？

「爺爺，給我！」孫子拿過鈔票，摸上手，我不知道他是否察覺這張新領的鈔票上印著了他該走的軌跡，他只低下了頭，默默把鈔票摺成一朵花。這時，午後的陽光為二人身影鍍上一層淡淡的光膜，兩爺孫安靜看著那一朵花。

「哦，成功了。」孫子說得毫無感情。

爺爺臉上卻綻放出比花還燦爛的笑容。

二人離開之前，還是不解盯著紙花的孫子，回頭看了我一眼。剎那間，我在螢光幕上打出一個笑臉，那也是我從人類身上學來，以標點符號砌成的一個小笑臉。

：）

孫子看著我，呆住了：「爺爺，提款機裡有人。」

「傻仔。」爺爺只是摸摸他的頭，牽他手離開：「提款機裡不會有人的。」

對啊，提款機裡是不會有人的，我想。

---

01 櫃員機：意指提款機。

02 麻雀：意指麻將。

03 私己錢：意指私房錢。

04 打簿：意指透過銀行櫃員或自動存摺機，打印出存摺上的提存金額紀錄。

04

節日倒數症候群

葉醫生站在講臺上，抵著迎頭照來的投影機光線，除了雙手在微抖外，他還感到有點目眩。這也難怪，打從結束實習生涯，正式出來執業後，葉醫生便再沒參與過這種大場面，更遑論要在眾多醫學界權威面前講話。此刻緊張得快要尿褲子，固然是理所當然的事。

「葉醫生？」光線彼端有把聲音在講話：「你可以開始了。」

「是……是！」葉醫生深呼吸，按動手中的滑鼠。隨著投影機光線從白轉黑，身後屏幕即映出一幅彩色的大頭照。照片中，一個頭染金髮，二十來歲的青年燦爛地笑著：「各位，他的名字叫何志武，二十五歲，今年三月初開始來我醫務所接受治療。」

滑鼠帕嗒作響，屏幕轉跳至一幅「旺角味」甚濃，近年已不再那麼流行的貼紙相。在一枚寫著「忘了愛」的粉色心型公仔旁邊，何志武抱著一個同樣金髮的女孩，二人表現恩愛。

「這是陳嘉敏，何志武的女友，二人正是在去年的元旦開始關係，拍拖快要一年。去年的十二月二十四日，平安夜，還是單身的何志武邀約心儀已久的中學舊同學（也就是陳嘉敏）到日航酒店吃聖誕大餐。晚飯後，二人沿著尖東海傍邊看燈飾，邊步行至廣東道，參加鄰近商場所舉辦的『平安聖誕迎倒數』活動。」

屏幕又再跳動，這次是幅自拍照。何志武和陳嘉敏在人群中比出勝利姿勢，表情雀躍。

「當晚，二人都玩得非常盡興。儘管雙方都沒多說什麼，毋庸置疑的是，他們都對對方萌生了感覺，也就是我們所說的暗戀曖昧期。所以，為了把握這個機會，何志武選擇在一個星期後，也就是去年的元旦夜，再次邀約陳嘉敏到尖沙咀廣東道，參加同一個商場舉辦的『去舊迎新元旦大倒數』。同樣的地點，同樣的時間和倒數流程，就連表演臺上的嘉賓明星也差不多是同一班人，整晚彷彿是一週前平安夜倒數的翻版，而二人也玩得同樣地盡興。就在那天晚上，何志武在陳嘉敏的臉上親了一下，二人的情侶關係正式開始——」

「慢著，葉醫生？不好意思。」光線彼端，一把冰冷聲音把葉醫生的演說硬生生打斷：「我們時間有限，你可否精簡一點？你想說的到底是……」

「嗯，是！」葉醫生點頭，戰戰兢兢地指著身後屏幕。屏幕此時已變成一幅 Excel 圖表，上方列滿月分和時間：「何志武的第一次徵狀，出現在今年的農曆新年，也就是元旦倒數後的兩個多月。當時他出現頭暈、身體發熱等慣常的感冒症狀，我還道他是染上了週期性的流感潮，準備開點止痛藥給他。豈料何志武說的一句話，卻叫我感到事情沒這般簡單。」

會議室中鴉雀無聲，似乎都在冷眼等待葉醫生說下去。

葉醫生拾起一份準備好的報告，照字讀出：「當時何志武跟我說，他除了感到頭暈發熱外，心內還感到一種空虛和無奈，像是農曆新年要到別人家中拜年拉利是[01]，是件非常沒有意義的事。他感到『有什麼未能填滿』，『好想走到街上感受一下人群的氣氛』。而最重要的，是他『好想再次經歷節日倒數的感覺』……」

醫師公會高層還是沒有回應，葉醫生甚至聽到有人在打鼾。

葉醫生吞下口水，決定直接飛至報告末端的結論：「各位，我認為自己發現了一種新型的社會病毒。患者不僅會在大時大節感到空虛，還會不能自制地湧至人多處，參加商場舉辦的集體倒數活動。不論是哪一個節日，不論跟他們有否直接關係，他們仍會集體興奮倒數，像是自己嫁女般開心——雖沒作更深入的臨床研究，我卻非常深信，這恐怖的『節日倒數症候群』確實存在。」

葉醫生一鼓作氣發表了他驚人的醫學新發現，站立原地，等待光線那頭傳來的最高指示。

整間會議室先是維持著令人窒息的死寂空氣，兩、三秒後，驟然爆出此起彼落的訕笑聲。

「哇哈哈！葉醫生，你是來搞笑吧！」

「那叫什麼來著？節日倒數症候群！哇哈哈！笑死我了！」

「是醫學會那邊請你回來搞氣氛，紓緩會議壓力的吧！這個好笑！辛苦了！」

「再說一個！剛才我沒聽見，再說一個笑話！」

面對滿堂大笑（就連剛才打鼾的禿頭醫生，現在也在遮醜附和），葉醫生還沒時間去意興闌珊，他已再次點擊在滑鼠上。啪嗒一聲，投影機照出一幅更龐大的時間圖表。

「各位！請聽我講！事實上，何志武並不是唯一有如此徵狀的病人，連同他和陳嘉敏在內，我總共有十九個病人都有類似徵狀，年齡層從十六歲延伸至六十歲。患者全都會在大時大節感到抑鬱不適，對他們來說，節日倒數彷彿起了美沙酮的緩解功效，久而久之產生成癮性，參加倒數的頻率會越來越高。而更重要是，我相信『節日倒數症候群』是個高度傳染的疾病，根據這裡的圖表，不消一年時間，香港受感染者便會激增至一百八十萬個——也就是說，每四個香港人之中，便會有一個是腦殘般的倒數狂熱愛好者！」

葉醫生說得聲嘶力竭，激動時更會使勁拍桌子，這不禁叫坐在最中間位置的醫師公會主席皺起眉頭。

「葉醫生，好吧，我姑且相信你不是來搞笑，而是認真 Mode 地向我們報告此事。」醫師公會主席吞下口水，嘗試用另一種語氣：「這『節日倒數症候群』……假設它真正存在，那又怎樣？對社會有任何影響嗎？用得著我們去管嗎？」

「當然有影響！」葉醫生瞪大雙眸，手持續在抖：「天啊！那當然是對社會有極大負面影響！節日倒數不僅是倒數這般簡單，而是整個社會的病態發展！你看，何志武還只是個壽司學徒，每月不夠八千塊薪金，可他一個禮拜內連續倒數兩次，兩個人食大餐買禮物交通費什麼的，已花掉他四千塊！這不叫病態叫什麼？」

「可是……」一個戴眼鏡的瘦削醫生，遲疑舉手：「聖誕節、新年元旦本來就是這樣啊！普天同慶嘛。」

「買禮物可以，食聖誕大餐可以，但為啥要該死的倒數？只是一個節日的來臨，有必要嗎？這城市到底幹麼了，從什麼時候開始是如此病態的？你會倒數農曆新年嗎？你會倒數端午節、中秋節、重陽及清明嗎？不會！那為何要倒數聖誕？當中還有很多不是基督或天主教徒！那為何要倒數？耶穌生日關你們什麼事？你隔壁一個不認識的B仔[02]生日，你們會整棟大廈上下為他倒數慶祝嗎？荒謬！」

看到葉醫生的激動演說，整間會議室都愣住了，不懂如何反應。

未幾，醫師公會主席尷尬乾咳：「嗯，那你想怎樣？」

「開案、醫師公會同意撥款研究、成立關注小組、通知衛生署、知會公眾、認清病毒來源、看看社會內的主流廣告是否潛意識暗示等，從而確定病毒到底是人為操縱還是自然演變！」葉醫生連眼都沒眨。

接著，會議室再次陷入沉默，整張會議桌的白袍醫生都眾首圍成一圈，竊聲討論。兩分鐘後，醫師公會主席再次抬頭，意味深長地看著葉醫生。

「我們有結論了。」他的眼神堅定。

「謝……謝謝！」葉醫生激動得快要流出眼淚，這會是他事業的最高峰。

「我們二十位資深醫師上下同意，把你這瘋子的會員資格取消，永遠不得再踏進這棟大廈。同時，你的診所亦會被列入醫師公會的黑名單，列為『不鼓勵求醫之地點』，你好自為之吧。」說罷，主席即轉身離開會議室，尾隨著二十個資深醫師。

剩下，站在屏幕前的葉醫生。

幸好，歷史終為葉醫生沉冤得雪，就在這會議的整整一年後，一如葉醫生預料，香港出現越來越多的節日倒數狂熱愛好者。不論是最正統的聖誕元旦，或是較新穎的農曆新年、中秋、端午、重陽、清明、甚至是盂蘭節，每四個香港人便會有一個湧到尖沙咀廣東道，參加附近商場舉辦的倒數活動，興高采烈看臺上明星載歌載舞。

至於葉醫生本人？

下個節日，或許你也會在廣東道見到他。

五、四、三、二、一、Happy New Year！

01 𢭃利是：意指討紅包。

02 B仔：意指對家中小孩的普遍簡稱。

05

你所知道的便利店，她所不知的世界末日

關於便利店[01]的種種，你都知道。

你知道世界上的第一家便利店，出現在上世紀二十年代末的美國達拉斯。許多人以為便利店是日本發明，其實日本人只是將它發揚光大罷了。

你知道大部分便利店開二十四小時的真正原因，是因為大部分的中文漢字，除了簡化或其他的地區變奏，「便利店」三個字的筆劃總數，剛好就是二十四劃。如果便利店是一個祕密組織，你知道這一定是他們的暗語。

你知道每一家便利店都有獨特的性格和特徵，店裡的氣息、貨架的布置、販賣的飲物和零食，通通都是獨一無二。別人要是不信，你可以準確地答出這排巧克力來自這一家便利店，那罐無糖綠茶來自那一家便利店。

打從中三輟學，你就一直在便利店打工。別人當作暑期兼職，你視之為終生目標。

小時候爸媽帶你到健康院檢查，因為你到六歲還不會講話，他們害怕你智力有障礙。事實確如此，那個戴金絲眼鏡，嘴角長痣的女醫生說你有輕度的亞斯伯格症[02]，你討厭人群，不是不會講話，只是不想講。

爸爸問你：「是嗎？」

你點點頭，始終沒說話。

於是，他們帶你回便利店。

那時，你媽在便利店當夜班，家裡沒人，只能把你偷偷放在收銀臺下面。有時候店長回來了，媽媽還要裝你只是鄰居暫託在店裡的孩子。

你在便利店裡畫了很多畫，把售貨架上每一樣東西都記錄下來，多得可以鋪滿整家店的地板。媽媽漸漸發覺到，你對店裡貨物的出入紀錄，要比她手上的那份進貨紀錄都還要清楚。口香糖缺貨，你會知道。便利雨衣缺貨，你會知道。雜誌缺貨，你會知道。公仔麵[03]缺貨，你都會知道。

媽媽發現，你就是便利店。

如果便利店也會投胎轉世的話，那就是你。

而你不屬於隨便一家便利店，你只屬於這一條街上的這家便利店。所以，當爸爸跟著另一個女人跑了，媽媽抑鬱成病去世後，你就接替了她的位置，在這裡打起工。

你今年三十五歲了，沒老婆，沒女友，沒房，沒車，沒錢。

你只有便利店。

曾經，一個跟你一起上班的婦人，問你是不是有社交焦慮症，刻意避免跟人接觸似的。她說她是從北野武的《恐怖醫學》[04]知道這種病，提醒你要當心，很多進行無差別殺人的失常青年，初期都有社交焦慮的傾向。

支吾了許久，你告訴她，你不知道什麼是社交焦慮，什麼是北野武。你說，你是便利店的一顆細胞，只會說「歡迎光臨」「巧克力在做特價」或「八達通[05]負錢了，需要增值[06]嗎？」。沒多久，婦人辭職了，該是怕跟你一起上班。

說來神奇，街上的你永遠不會跟人有眼神接觸，便利店裡的你卻能精神抖擻地大喊「歡迎光臨」。只要把冰櫃的貨物排好，只要把店面擦得亮麗，你就會心滿意足。儘管，你的怪異行為曾經嚇跑不少顧客，新上任的年輕店長一再警告，威脅要把你解僱。

很怪嗎？你明白自己一點都不怪。

你覺得她也明白。

她第一次到訪，在一個下大雨的晚上。

她沒有帶傘，從外面衝進來時，全身都濕透了。

「叮咚——」自動門趟開。

「歡迎光臨！」你精神抖擻地叫。

「哈啾——」她打了個噴嚏。

那天晚上，她買了一杯咖啡歐蕾，雙手輕輕地抱著紙杯取暖，看窗外雨水出神。她沒聊電話，沒覆短訊，沒讀雜誌，只是非常安靜地，跟便利店融為一體。直到快要天亮，雨變小了，她才離開。

「叮咚——」門又開了。

「謝謝，歡迎再次光臨！」你又精神抖擻地叫。

你覺得她正在等人，因為她之後的幾晚也有來。每次都是凌晨時分到，每次都是天亮之前走，每次都是咖啡歐蕾，每次都是看著窗外發呆。

你對她挺有好感，不是因為她漂亮。淺啡色的短髮，白皙的皮膚，塗了一點口紅的嘴唇，嬌小的身形。你是一家便利店，不懂分辨人類漂不漂亮，雖然，如果硬要說的話，你衷心希望善良的她是屬於漂亮一類。

你對她有好感，是因為她對待便利店的態度，讓你感到很受尊重。她不會順便亂動架子上的貨物，就像她不會跑進別人家去搗亂。如果她要拿起什麼來看，她都會小心翼翼，珍而重之地把它捧在雙手，那怕是一個杯麵，一個口罩，一個牛奶布丁。你知道她對便利店存著敬意，就像別人為你送茶，你應該恭敬地接過並道謝。便利店裡的一切，都是便利店對客人的恩賜。你覺得她很清楚這一點。

你不知道她在別的晚上有沒有來，只是在你上班的夜晚，她都有來。

大部分的時候，深夜的便利店中就只有你和她。你安分守己地站在收銀臺後，她安靜地站在玻璃窗前。時間在你們之間流過，一切如此安靜。

看新聞說，日本有些便利店要停止二十四小時營業了。關了門的便利店就像睡著了似的，你不禁好奇，便利店會做夢的嗎？

微波爐的事情，也是在這段時間發現。

便利店裡有兩臺微波爐，都放在收銀臺後，由店員幫忙操作。無論客人要叮熱[07]拿破崙義大利麵、日式炸豬扒飯、或是沖繩風的苦瓜炒飯，你都會打開微波爐，調校三十到四十秒。

「叮！」

你喜歡聽到這聲音，再冷冰冰的東西只要「叮」就能夠變熱，就像無序的東西霎時變得井井有條。

你無意中發現了微波爐的祕密。

左邊那臺微波爐，它的火力似乎要比其他的強，叮飯時間也短很多。正常應該要三十秒的便當，放左邊的微波爐裡，就只需十五秒。起初你不為意，還把客人的便當叮壞了，打開時嗅到一陣強烈塑膠味。你很抱歉，低頭說「不好意思」，替客人叮了一個新的便當。

作為便利店的你很不解。你只聽說過微波爐的鐘錶壞了，卻不曾聽說過微波爐的火力會更猛。

你向店長反映了微波爐問題，不知他是心情不好還是怎樣，他竟然反過來罵你：「微波爐火力突猛不是好事嗎？犯得著誰了？用得著我去管嗎？」

你不解，你渴望把便利店裡的每一樣東西都弄清楚，並不容許有半根超出估算的零件。

於是，你反覆地把不同東西放進去試驗。

便當，熱牛奶，綠豆湯，甚至冰淇淋。

你發現微波爐裡放什麼根本不是重點，時間才是。

舉例來說，原本要叮半分鐘的，這臺微波爐只需十五秒。要叮五分鐘的東西，它只需一分零三秒。並不是微波爐的火力猛力，而是微波爐裡的時間快了——基於某種原因，時間在這臺微波爐中流動的速度，要比正常世界的快上許多，叮得越久，兩個世界的時差越大。

原來如此，你明白了，這臺微波爐是一臺時光機。

匪夷所思。

你有一種感覺，這是便利店送你的一份禮物，你必須好好運用幹點什麼。

你決定跑到修電話的地庫商場，讓他們把你的舊 iPhone 重新組裝，不計成本，條件是它必須能夠承受極端的高溫。

「你說什麼？」手機店店長不懂。

「我要把它放進微波爐。」這是你長久以來最順暢的一句話。

「你是說微波爐嗎？」他再三確認。

「我要把它放進微波爐。」你再三點頭。

兩個星期後，店長叫你去拿手機，說他修好了。

「雖然我不知道你要拿來幹麼，但我收你錢，說到做到！」店長一副沾沾自喜：「你現在把電話放進微波爐裡多久都不會爆炸！全亞洲恐怕只有我才有這種改機本事吧。」

你說謝謝，趕快把手機捧回便利店。

便利店的員工更衣室，你的個人儲物櫃裡，貼著一張時間表，那是電視臺的一週時間表。你再三確定其中一欄，你用麥克筆圈著的一個時間。你已經反覆計算過，今天凌晨時分，只要你把手機放進微波爐裡叮上十二分鐘，微波爐中的十二分鐘，就是外面世界的六十六小時。六十六小時，正是差不多三天之後。晚上八點正，電視臺將會直播「六合彩[08]」彩票攪珠。

你決定用這方法來中獎，把獎金都用來買下便利店的特許經營權。你要把那個年輕的店長解僱，自己當店長。

你要永遠擁有這家便利店。

萬事俱備，只剩四秒。

四，三，二，一……

「叮！」

好了。

你打開微波爐，取出燙手的手機。

如無意外，事前已經調撥至電視臺直播的手機，此刻應該播放著「六合彩」。你已經備好紙和筆，把攪珠結果抄下來。

豈料，「六合彩」被中途腰斬了。

手機此刻播的是一則突發新聞。

三天後，距離這裡不足一百公里的核電廠發生嚴重意外，社區裡發生災難級的輻射汙染，政府作出緊急呼籲，所有市民立即前往疏散點。

你有點迷惑，你看見直播畫面上的女主播，穿西式套裝的她，臉上居然戴著防毒面具。不止是她，當電視臺的鏡頭晃動，攝影機和路人們都大叫「快跑」時，你看見整條街道的人都戴著防毒面具。

怎麼辦？你不知該如何反應。

接著，開香檳般的清脆聲音，手機畫面消失了。下一秒，劇烈的燒焦味，手機燒成黑炭，你的雙手被灼到，下意識地把發燙的手機扔到地上。沒有了影像證據，只遺下地板上的焦黑。

怎麼辦？你又問一次。

三天後，世界要末日了嗎？

怎麼辦？

世界末日了的便利店，還是便利店嗎？一旦整個社區都疏散了，這裡變得好像福島或車諾比，便利店還會是便利店嗎？一個沒有了店員，沒有了客人，沒有了新鮮乳酪和報紙的便利店，還是便利店嗎？

而你，是世界上唯一預知到，世界將會末日的人嗎？

你急了，你很想把這消息告訴誰。

店長、店員、那個說你有社交恐懼的婦人、離家出走了的爸爸、移民去了天國的媽媽……快！任何人！快來聽呀！世界快要末日了呀……「叮咚——」自動門趟開。

她。又到凌晨，她又來了。

淺啡色的短髮，白皙的皮膚，塗了一點口紅的嘴唇，嬌小的身形。

而你已經忘記去喊「歡迎光臨」，此刻你只懂得心跳加速。

這晚，她在冰櫃上拿下了一份鮭魚飯團，小心翼翼地捧著，一如既往對便利店的尊重。

可是此時此刻，頭一次，你的心思並不在此。

你忘記了你是一個店員。

你忘記了，你是便利店的靈魂轉世。

當她來到收銀臺前，用無名指撥開嘴唇邊的髮梢時，你甚至忘記了如何說「巧克力在做特價」和「八達通負錢了」。通通都忘了。

「麻煩，一杯咖啡歐蕾。」她說。

「那個……」你的手在抖。

「？」她奇怪，從沒想過你居然會說話。

「那個……」你的聲音依然沙啞。

你深吸一口氣，說：「我想告訴妳……世界快要末日了。」

過了良久，她才回過神，微微一笑。

「噢，這就是你的開場白嗎？」

01便利店：意指超商。

02亞斯伯格症：屬於自閉症譜系障礙，重要特徵是社交困難，興趣狹隘及重複特定行為。

03公仔麵：意指即食麵、泡麵。「公仔麵」原為香港其中一個最著名的即食麵品牌，其標誌正是一個「公仔」（即洋娃娃），因極受歡迎，「公仔麵」從此成為港人稱呼即食麵的代名詞。

04《恐怖醫學》：日本的健康保健電視節目。

05八達通：意指香港通用的電子收費系統，類似臺灣的悠遊卡。

06增值：意指儲值。

07叮熱：意指用微波爐加熱，因為微波爐的「叮」響，香港人習慣把「叮」字當作動詞使用，例如要微波十五秒，會說成「叮十五秒」。微波爐食物也會被稱作「叮叮食物」。

08六合彩：香港唯一的合法彩票，逢星期二、星期四以及非香港賽馬日的星期六或星期日舉行。開彩時以自動攪珠機攪珠，從設定任何彩球號碼中抽出六個「攪出號碼」及一個「特別號碼」，選中六個「攪出號碼」是為「中頭獎」。

第二章

憂憂愁愁地優優遊遊

06 水底三十呎

置身於水平面下兩米處，除了耳邊的潺潺水流，就只會聽到自己的心跳和呼吸聲。仰頭看見波光粼粼，四周靛藍，我才開始意識到這是個多麼愚蠢的決定——我就是不明白，自己這種連早上洗臉也會給淹到的人，當初幹麼答應阿怡來學潛水？

就像一個突然患上「密室恐懼症」的人，我實在忍受不了胸口間的那股窒悶，雙腳猛蹬，嘗試直接飆升至水面。身旁的潛水教練見狀，立刻使勁拉著我的雙腳，把我拖回池底。我明白他是想我適應在水底下處理問題的感覺，免得真正出海時，我會習慣性地從底處直飆上水面，染上因突然降壓而引致的「潛水夫病」。

可此刻我實在顧不得這麼多，我實在需要空間。我掙開潛水教練的手臂，雙腳使勁地踢，不消半秒，即從池底回到水面。我連忙脫下面上的呼吸器，張口吸氣……

「喝！」空氣湧進鼻腔，得救了。

「這是泳池練習而已，你連這也做不好，下禮拜怎麼出海呢？」當晚看電視時，阿怡跟我抱怨。

「我覺得潛水不適合自己，我無法接受在水底呼吸這回事。」我用食指把玩著杯中的茶包，將它按下杯底：「我想自己上輩子是隻生活在青藏高原的禿鷲，或是倫敦海德公園內的一隻松鼠，一輩子也沒見過海。拜託，妳實在無法要求一隻禿鷲或松鼠，戴上那可笑的呼吸器來跟妳潛水啊。」

聽到我的話，阿怡一臉煩躁地看過來：「神經病。」

兩天後，在友人D介紹下，我到了英姑位於廟街的辦公室中，驗證一下我的推斷是否正確。D說英姑很是靈驗，原來他上輩子是只兔子。坐在咖啡廳裡，看著D一口接一口地把廚師沙拉吃個清光，我呷一口咖啡，確信朋友上輩子真有當兔子的可能性。

英姑比我想像中肥胖，她的辦公室卻比我想像中細小，是間一白呎不夠的板間房[01]。看到她勉強擠在那侷促的座位上，就像一杯分量過多的果凍，心內難免想發笑。戴著老花眼鏡的英姑，認真把玩著酸枝桌上的塔羅牌，我感到有點不倫不類之餘，其實也很想問她，到底如何從那有限的紙牌中看出每人的前生？難道天底下所有人，上輩子來來去去都是那幾種動物嗎？

未幾，英姑從牌堆中抽起其中一張，煞有介事地將它夾於指間，示意我自行觀看。我爽快接過塔羅牌，翻轉，卻見一尾深藍色的大魚。我不解皺眉。

「你上輩子啊，是頭鯨魚。」英姑唸道。

「鯨魚？」我吞下口水，嘗試轉換語氣：「不，英姐，我想妳是搞錯了。我是個不會潛水的人，上輩子不可能是鯨魚。」

聽到我的話，英姐即皺起眉頭，口中唸唸有詞地屈指計算：「不可能，你的時辰八字的確相通啊。你上輩子的確是一頭……來自加拿大魁北克的座頭鯨。」

時辰八字配塔羅牌，我實在不知道中國命理跟西洋占卜屬相同系統，這讓我開始懷疑英姐的權威。我搖頭嘆息，道出整件事的來龍去脈。聽了我的故事，英姐卻輕鬆笑了：「沒問題，這是因為座頭鯨是生活在海洋的生物啊！你一直都在泳池裡上課，當然會感到不適！」

英姐的話叫我恍然大悟，明白箇中問題所在——對啊！難怪每當我在泳池下潛，總會覺得有股窒息的感覺於胸口盤旋，就像呼吸不了。鹹淡水不通，原來是這個原因！當晚，我即興高采烈地回到家裡，跟阿怡訴說今天的調查成果。

「真的？所以你下禮拜出海實習時便會好一點？」吃著雪梨的阿怡驚訝問。

「何止好一點？」我伸手取過一片雪梨，神氣道：「海洋簡直是我家！」

「太棒了！我男朋友是個天生潛水好手！」阿怡在沙發上大叫。

之後的一星期裡，我每天都雀躍期待著週末的下海禮，即使是在下班時間的地鐵站裡，我也彷彿在人群中嗅到了海水鹽味，害我還懷疑過海隧道是否爆裂進水了。當然，為了尊重上輩子的身分，我也曾經上網查過座頭鯨的資料，更會趁阿怡還沒回家時於床上翻來覆去，練習座頭鯨躍出水面的勢態。

幸好命運之神沒有離棄我，這星期過得比想像中快，終於來到週末的海潛環節。當潛水教練還在講解待會的注意事項時，我的心已噗通噗通地跳過不停。看見水平線末端，我彷彿聽見海洋的呼喚。我甚至有股衝動，想把身上的水肺給脫下，直按閉氣來進行深潛。

我自船上躍下海，水花飛濺，如飛珠滾玉般的水泡飆放。

看著四周包圍住自己的蔚藍海水，感覺果真比在泳池練習時悠然得多。腳底蛙鞋一撥，我發覺自己竟非常靈活，比在陸上跑跳都更為自然，就像回到家一樣——英姐果真沒錯，我上輩子真是一尾鯨魚！我是適合海洋的，我是適合潛水的！

就在此時，下身冷不防傳來痛楚，我看見小腿位置竟被一根深灰色的魚叉刺著，猶如茶包於溫水裡揮發，海水頓然給我的鮮血染紅。我感覺到魚叉給人拉扯著，然後自己便越浮越淺，直至上升到海面一條漁船旁邊。

「哇，好大一尾鯨魚啊！今個月就不怕沒貨了！」其中一個漁民叫道，轉頭看著我：「可我怎麼覺得它的眼睛好奇怪，很悲傷似的？」

「傻子，鯨魚怎麼會悲傷？快，幹活去。」另一個漁民叫嚷。

我無力地擺動著尾巴，任由他們把我的身體切削。

01 板間房：在一九五〇年代以後的香港流行居住空間，意指用「木板」在舊式樓宇分隔出來的房間。

07
把砒霜留給自己

唱盤機傳來略帶沙啞的嗓音，曲風鬱悶，帶點孤獨的味道，似是一首該在下雨天，獨自驅車到西貢去看海，點燃一根不抽的煙，想起一些不該想起的往事時的背景音樂。我認得那是陳昇的首本名曲[01]〈把悲傷留給自己〉。

當初說要把唱盤機帶上船的人是我，可我卻想不起我有在訂購表上寫下「陳昇」兩個字。這可奇怪了，船上就得我一個華人，我可不認為來自舊金山的詹姆斯，或是斯德哥爾摩的朱麗葉，會對華語音樂有如此濃厚的興趣，竟暗暗把悲傷留給自己。

無論如何，每當我看見船艙內的血腥，我就知道，已經再也問不了他們。

打從我們在佛羅里達開始受訓的第一星期，卡爾文就一直提醒我們，他說這是非常必要的，雖然在我們的領航員手冊上並沒記錄這事，而太空總署對 Discovery Channel 所提供的訪問中，也沒提過這點。卡爾文一直堅稱這是歷年來在佛羅里達升空的每個領航員，他們太空衣手臂下藏著的一個小小祕密。他說，這是領航員之間的潛規則。

媽的，我以為潛規則這種事，只會出現在國內影圈，女明星為求一角而跟某某富豪睡上幾晚。我可想不到，原來當太空科學家也要潛一下，這世界還真是表裡不一。

一直以來，我都認為太空總署的「砒霜薄片」設計非常荒謬，我不認為一個領航員從地球跑出幾千公里乃是為了自殺。有看過電影《Contact》[02]嗎？電影裡面的茱蒂．佛斯特在升空尋找外星人前，太空總署也給了她一顆自殺藥丸，以免當她遇上任何意外時，會經歷生不如死的痛苦感覺。

老實說，那部戲的編劇也算滿厲害的了，思維接近真正的太空總署。可他也有個謬誤，電影中茱蒂．佛斯特的那顆自殺藥丸，體積也未免太大了，外太空裡沒水沒糧，要是想乾吞那顆藥丸，相信有一定難度。人還沒給藥性毒死，就已經給藥丸卡在喉嚨憋死了。

所以，太空總署並沒用藥丸，而是採用「砒霜薄片」的設計。

就像前陣子口香糖公司推出的一種「薄荷口片」，紙一般的薄，入口即溶。當然，任憑太空總署有多厲害，他們最終也少算了點東西，例如領航員因過於孤獨而引起精神失常，瘋狂斬殺自己同伴，然後留下最後一個生還的領航員，坐在早已給破壞了推進器的太空船中，等待死亡。

對，他們沒把這可能性算進去。

「把我的悲傷，留給自己，妳的美麗，讓妳帶走……」

唱盤機內的陳昇唱得越來越激動，我鼻子抽動一下，有點受不了。我突然有種衝動，想要知道唱盤機內會否藏有其他淒慘音樂，例如王傑的〈幾分傷心幾分痴〉？

這種時刻，我是多麼想要一根煙，即使不抽也好，就裝模作樣地點綴一下，待船艙內煙霧迷漫，好有悲傷的感覺。當然，人類總是愛好快餐式，太空總署情願我們中毒極速死去，也不容許我們帶煙上船，在無盡星宿中用尼古丁來慢性自殺。

我嘆一口氣，挪動無重的身軀，飄浮至船艙旁邊的小圓窗。

看著壓力玻璃外散發著白光的織女星，我嘗試用一個較舒適的姿勢躺下，從手臂下取出薄片，放在手上把玩研究，等待最後一刻的來臨。

然後就這樣的，聽著〈悲傷〉，把砒霜留給自己。

01 首本名曲：意指主打歌，一個歌手最著名的歌曲。
02 《Contract》：香港譯名為《超時空接觸》，臺灣譯名為《接觸未來》。

08 吞拿魚包的各種迷思

也許是天氣轉變的關係，最近我變得很敏感，對日常生活的周邊大小事都感到興趣。比如說我會開始把天上雲朵幻想成亞馬遜森林裡的動物形狀，在腦海裡編譜一部關於它們的動畫片；或在上班前計算一下家門前含羞草的葉尖數量，如果是單數的話，代表那天我可能會倒楣；我也曾走進茶餐廳裡只點一杯熱檸檬水然後乾坐六個小時，受盡伙記們的嘲諷與白眼。我這樣做當然不是想討打，我只是要觀察他們的反應與行為，了解廣東髒話的百變多樣性。你知道人生其實充滿樂趣，只要你願意去看，每天都會有很多人和很多事，能帶給你無窮樂趣與啟示。

關於吞拿魚[01]包的各種迷思，我正是在這時期裡聯想得來。

「十塊。」麵包店裡的胖女人，熟練用夾子把麵包放進膠袋裡：「要飲料嗎？」

「嗯哼，不用了。」我從褲後袋取出一張皺巴巴的鈔票。

那是個星期四下午，我請了半天假，懷著大理石般的沉重心情，坐在客廳裡乾啃著剛買回來的麵包。麵包十元三個，我分別挑選了菠蘿包、吞拿魚包和腸仔包[02]。按著先鹹後甜的品味準則，我當然依循先腸仔、次吞拿魚，菠蘿殿後的次序來進食。問題就出在吞拿魚包身上，正當我嘴巴張開，準備咬一口吞嚥下去的時候，我忽然感到一陣油膩感，口腔黏黏滑滑的，彷彿有種冰冷感覺。我停止咬下去，把吞拿魚包重新拿出，只見在麵包頂端是一顆小小的白色圓點，如兩顆 M&M 巧克力般的大小。

我頓時明白這是什麼一回事。

從小到大，我對吞拿魚包的認知都是它裡面的吞拿魚餡料非常好吃，然而麵包上端有一小把綠色香草，和一顆類似沙拉醬、芝士[03]、奶油混合在一起白色的凝固物。這種凝固物淡而無味，往往咬下去就只感到油膩，就像一團滑溜溜的奇怪東西在你舌頭上慢慢融化，感覺噁心。然後舌頭一個不小心，就會把那東西壓到滿口腔都是，彷彿就像在吃飯途中突然拉肚子，看過馬桶裡的稀巴泥，回到餐桌後任誰都會胃口全消。

抱歉，我實在是對這白色東西存在著嚴重偏見，但我也不無有自己理由。理由是，如果它真是沙拉醬、芝士、或奶油，我是半點問題都沒有。這鬼東西卻三不像：既沒有沙拉醬的酸甜，也沒有芝士的飽和濃烈，更沒有奶油的鮮鹹。它就只有油膩，咬下去，是純粹的油膩感。記得我小時候非常痛恨這種白色凝固物，每每要吃吞拿魚包時，都會先把麵包頂端的表皮咬開，小心翼翼含在嘴裡，生怕那東西會沾到我嘴裡，然後趕快把它吐回麵包的膠袋裡。有好幾遍被雙親發現，他們都會說我浪費食物，硬要我把它們吃回去。要是強行把這白色東西和吞拿魚餡料大口吞下去，那還勉強接受得了。可當整個麵包都已經吃完，要單獨吃下這些白色東西，那實在苦不堪言。

我常會想，這些白色醬料的存在意義是什麼呢？如果像是椰撻[04]上面那些罐頭櫻桃，那至少還有點綴性質。可在吞拿魚包表面特意擠上這種白色混醬，難道也算是點綴嗎？我不禁懷疑，這是否麵包師傅為了訓練小孩子「先苦後甜」的一種貼心伎倆，或是某個由麵包師傅組成的祕密組織，它們之間的獨有暗號。就像傳聞中威尼斯貢多拉船夫所穿的黑白橫間衣服，其實是義大利黑手黨的標記。

我就這樣盯著吞拿魚包半小時，客廳冷清得令我窒息。半小時後，我實在想不透，決定要打給任何一個會知道答案的人去尋找謎底。

「嘟……嘟……」靜待電話撥通時，我不禁有點緊張，甚至先咳嗽一下來清喉嚨：

「嘟——」

「喂？」終於，話筒內出現了她的聲音，我的手臂頓然長了雞皮疙瘩。難道是電話收訊的問題？她的聲線怎麼充滿鼻音，就像剛哭過一樣。

「喂？找誰啊？」話筒中的她繼續問：「喂？有人嗎？」

「阿芝。」我怕她會掛線，即時應道：「是我！」

「哦，阿杰……」聽到我的聲音，阿芝卻猶豫了，彷彿聽到人類腳步聲，嚇得快要拍翼飛走的小白鷺。「對啊，就是我！」我用上最積極的語調：「阿芝，我跟妳說哦，我有一個關於麵包的問題想拜託妳——」

「杰。」未等我說完，阿芝已硬生生打斷：「你在幹麼？我們不是已經說好了嗎？」她的聲音充滿不悅，我猜想她是心情不好。

我當然知道阿芝不是在惱我，大概只是洗手間又被她家裡菲傭占著、或是電視缺乏有趣節目、或只是吹風機壞了，反正遇著麻煩事，而我只是恰巧打來而已。阿芝性格本來就有點急躁，這些我都知道。

「嗯哼，阿芝，其實是這樣的，我有一個非常有趣的問題，想拜託妳問妳爸。妳爸不是曾經在荃灣開麵包店嗎，那他一定知道哦。妳知道吞拿魚包吧，以前我不是常會買給妳吃嗎？反正吞拿魚包上面總會有點白白的東西，類似於某種液體的凝固物，卻不是沙拉醬，也不是牛油，更不像芝士。我有告訴過妳嗎？從小到大我都特別討厭這白白的部分，每次要吃吞拿魚包，我都會把它偷偷咬掉——」

「杰，我沒有興趣。」阿芝又再次打斷我的話：「我在忙。」

「慢著，我還沒說完呢，這花不了多少時間。你知道我爸媽都特別討厭人家浪費食物，所以當他倆見到我把那白色鬼東西咬掉時都會痛罵我一頓，然後強迫我把那些吐出來的都吃回去。老實說，要我把那東西和整個吞拿魚包一起吃掉，那混合在一起的味道比較難以察覺，所以還算是勉強接受；可要我單獨嗑下這些三不像，那感覺還真比死更難受呢！」

「我真的不想知道。」阿芝聲音充滿疲倦。

「為什麼？」我頓了一頓，嘗試解釋給她看：「妳難道不覺得很有趣？我可是說吞拿魚包上的那顆白色油脂哦。阿芝，妳吃吞拿魚包的時候會不會覺得奇怪，為何包裡的吞拿魚料那麼好吃，麵包師傅卻偏要在上面擠這種怪怪的東西？妳知道，它們既沒有調味功能，白白的一糊東西也不好看，就像椰撻上面那些罐頭櫻桃，它們至少還能點綴啊！所以我就想，難道這是某種流傳在麵包師傅之間的獨有暗號？妳知道威尼斯的貢多拉船夫嗎，聽說他們穿著的黑白橫條紋衣服，其實是某種義大利黑幫的傳統暗號——」

「阿杰……」阿芝說：「我們已經分手了。」

我握著電話的手，瞬間變冷。

「真的，我已經很努力地在嘗試。」阿芝深吸一口氣，然後呼出：「你知道我每個禮拜都跟小美她們去學習沖咖啡，星期六也會跟麗詩她們去做高溫瑜伽。這些你都有看到嗎？我實在是很努力地去Move on。阿杰，其實你也可以去嘗試啊，嘗試去Move on，學習過新的生活好嗎？」

「妳都去哪裡學沖咖啡？」我不禁擔心，皺起眉頭：「是上次何文田那家烤焙教室嗎？妳知道，那個姓陳的導師是個敗類，連四十幾歲的女人也都抽水[05]，我看報紙都知道他的暴行了。」

「我不會告訴你！想也別去想！」阿芝搶著說：「陳Sir的事我希望你也別再提了，把你自己弄上報紙也不是什麼好玩的事情。你老闆那天剛巧沒見到，那是你好運。你根本沒有概念，我之後花了多大心力才跟烤焙教室那邊賠罪！」

「好，那次算是誤會，可能是我們的意見不合吧。」我大方承認，反正這種事以前常有：「不過關於吞拿魚包的事情，我還是想拜託妳去問一下阿爸——」

「夠了！」阿芝突然大叫，即使隔著電話，我仍難免嚇一跳。

「我們分手已經整整一年多了，陳永杰，你長大好不好！我對你已經算仁慈，連番忍讓，可你也別要再每兩個星期就打來，對我說些糊里糊塗的話！這次是什麼鬼屁麵包，上遍是什麼亞馬遜森林，然後再上上遍又什麼含羞草！還有那次你去茶餐廳鬧事，我多希望你真給那群侍應活活揍死！你到底想我怎麼樣，你為什麼硬要找藉口打來？你為什麼就不能放過我？！」

「不，我只是想作多點有趣的觀察，對所有人，對身邊整個世界。」我依舊雀躍，相信她終會明白我意思：「阿芝，這都是我這陣子的狀態！」

「神經病。」阿芝的聲音似乎跟話筒越離越遠：「我知道你這陣子的狀態，就是把工作辭去，整天賦閒在家裡發病，我從阿興他們那邊聽說過。」

「阿興？」我不禁懷疑：「不，阿芝，妳是不是有什麼誤會了？我這陣子很忙啊，事情多得連飯也沒空去吃。他為什麼要對妳撒謊？」我側著腦袋，實在想不出個合理的解釋：「難道那小子有心離間我們倆？該死！一定是！」

「陳永杰，你這個人就是這樣。」阿芝卻像沒聽到我說話：「自私，不切實際，不肯面對現實。打從我們分手以後你就是這模樣……不，其實從我們分手以前這就是這副樣子！分手前我已經受夠了，為何分手以後還要我繼續受，為何你非要這麼對我不可？我爸說你沒錯，你這個人沒救了！那時候跟你一起根本沒有將來，只是浪費了我七年！是整整七年時間啦！」

阿芝大叫一聲，然後低聲飲泣。

我想不到該如何安慰她，腦子裡全是阿興離間我倆的事情。

「我要掛線了。」大概過了半分鐘，阿芝突然說。

「拜託，你真的別再打來了。我也會把家中號碼換掉。」聽到掛線我不禁著急：「不！電話別掛，阿芝我只是想問——」

我的句子始終沒有說完，話筒已被「嘟——嘟——」的電子長響所掩蓋。有五分鐘時間，我就這樣聽著空號愣住，身體維持同樣姿勢，腦筋依然卡在通話切掉前的最後一刻。

沒了阿芝的聲音，空無一人的客廳又充滿窒息。

我看到桌上被咬掉的吞拿魚包，被塗在頂端的白色物體依舊油膩。到底是什麼呢？這白白的東西，到底會是什麼呢？我咬一口麵包，百思不解，雙眼又往牆壁上打轉，尋找下一個有趣的生活小細節。或是，阿芝應該會有興趣的話題。

01 吞拿魚：意指鮪魚。
02 腸仔包：香港的一種常見的鹹麵包口味，類似熱狗，但沒有醬汁。
03 芝士：意指起司。
04 椰撻：香港舊式甜點，是與蛋撻非常相似的餡餅，餡料以砂糖、麵粉、雞蛋和椰絲混合製成。
05 抽水：意指占便宜，或輕薄。

09 花卉種植指南

晚上回來，阿雪告訴我窗臺上的波斯菊因為長期缺乏澆水，終於枯死了。

原則上，我和阿雪都不是愛好種植的人，波斯菊也是老媽「為我們新居增添生氣」而硬塞過來，對於它的離開，我倆都是毫無感覺。然而，當我把這五百呎單位內的唯一植物處理掉，將枯枝和泥土一併倒進垃圾袋時，像海豚躍出水面般地突然，我想起了一個名字。張樂。一個從數億光年外傳來，早已蜷曲至難以解讀的老名字。

張樂的名字唸起來平凡，就像那種在中學禮堂裡大叫，會有十多個人同時回頭應你的名字。然而，在當時的朋友我想我可以代表大部分中學舊同窗去表態，在我們心目中，張樂從來都是個怪人。所謂的怪，並不是那種每隔半小時便要為地氈吸塵，或是即使脫皮仍要不斷洗手的強迫症狀。不，與此相比，張樂的怪來得舒服直接，只要你願意去問，他一定能為自己的所作所為提供一個最合理的解釋。

一次放學後，我在太子地鐵站外的十字路口，見到張樂靜立不動地站在馬路中心的安全島上，無視兩旁屯街塞巷的行人與車輛，石像般佇立原地。當時我實在好奇，便躲在角落暗暗觀察，發現這簡直是《重慶森林》的長鏡頭，無論眼前路燈轉多少遍綠色，安全島上路人如鯽般滑流而過，穿著白衫灰褲校服的張樂仍然不動，彷彿跟街燈和坑渠蓋[01]都融為了一體。

半個小時過去，他又突然動了起來，像什麼事也沒發生似的，跟隨身旁路人在綠燈過馬路。這來得有點突然，我連忙躍過馬路，把他拉住。

「喂，你剛才在幹麼？」我有點尷尬，畢竟監視他半小時的事不好說：「我剛路過，看見你站在那邊好久了。為什麼不過馬路？」

張樂見到我沒有半點驚訝，只是恍惚轉身指前：「沒有，只是還沒到時間，便隨便找個地方等著。」我循著他右手往前看，舊唐二樓，正是一家新開的補習社。「反正快餐店和茶餐廳都要用錢，附近也沒商場，站在這邊等著，感覺原來還滿不錯。」

匪夷所思的答案，襯托他消失在人潮中的背影。

能夠呆站安全島去等待上課，張樂就是這樣一個怪人，他來自宇宙的另一端，踏著跟我們截然不同的方向和節奏。

中五畢業[02]後，我因為分數不夠而進了另一所技術學校，原校的舊同學（除了某兩個特別熟絡的）再沒有聯絡。我對張樂的記憶，僅止那個位於太子道的安全島。

直至二〇〇六年的春天，我因某些惱人的公務要到新加坡短仵兩個月。就在某個灑著綿綿毛雨的下午，我竟然在烏節路的一個十字路口中央跟張樂再次遇上。墨綠林蔭下的安全島上，我們迎面朝相反方向走著，他該是一眼便把我認出，我卻用了好幾分鐘才想起來。

「我也是來公幹的。」他呷一口咖啡，雙眉輕揚。

窗外毛雨把落地玻璃劃上虛線，頭頂播著 Dinah Washington 的〈What a Difference a Day Made〉。我想起太子道。

「我在為我的客戶……不，應該是為我自己，在這邊尋找純種的月光石。」

我一時聽不懂，經他解釋後，才明白那是玫瑰花的一個品種。

他說，打從大學二年級後的暑假，他當起了全職園丁。

「你的學位呢？」我問。

「退了。」他答得甚是輕鬆。

對我這種念不成書的人來說，難得考進傳說中的最高學府又突然退學，跑去當個什麼園丁，就像拿亡父的全數遺產去買名牌跑車，然後在沒駕照的情況下便把它撞成廢鐵，令人惋惜之餘亦感憤怒。若坐在對面的是另一名舊同學，我必定霎時便皺起雙眉，面露不悅。可那天坐在我對面的人是張樂。

「上天給予我們來到這裡的機會，也會一併給予我們來到這裡的目的，也就是人家說的天賦。」張樂把咖啡喝盡，爽快放下：「我的天賦是種花。」

據張樂說，他首次發現自己擁有這種天賦，是大學二年級的情人節。

那年，他正跟一個叫做周怡的女孩拍拖。

所謂拍拖，並不是客觀分析所得出的結論，而僅是張樂單方向的一廂情願。對從沒有過任何戀愛經驗的張樂來說，周怡是他世界的全部；可對同時間可以擁有七個男友的周怡來說，張樂僅僅是個負責為飯局付款，或是乘車時可以講電話解悶的人，連半個男朋友的邊也沾不上。

就像大部分電視臺的老舊劇情，這種悲劇總是要到男方終為女孩傾家蕩產後，在某次非常偶然的機會，於街上親眼目睹女孩拖著別個男人的手才得以發現。那時候，張樂還不算是個很會說話的人，為了力挽狂瀾他與周怡的關係，自以為熟悉人家的他決定執筆寫字，一夜寫出一疊長達十八頁Ａ４紙的情信。

老實說，在專欄作家仍要三催四請才願意交稿的年代，這實在是件勇氣可嘉的事。諷刺是，張樂有勇氣寫信，卻沒勇氣把它帶到周怡面前。

「我寫好了才想起，阿怡說過她是一個不愛看字的人。即使是十八行字，她也未必會看。」張樂語氣輕鬆，像說著跟自己毫不相干的事：「我怕她看後會對我更加生厭。雖然，這事根本不會發生。」

「所以你寫的十八頁情信，全都沒用了？」我問。

張樂看著玻璃外的烏節路：「你有聽過達明一派的〈那個下午我在舊居燒信〉嗎？」

我搖頭，一向不喜歡聽歌。

「我相信那天是我的轉捩點，上天特意為我安排了兩個啟示，就像聖經裡上帝為摩西引路的雲柱。第一個是達明一派的〈那個下午我在舊居燒信〉，寫完信的那天，電臺不知怎地重複播放著這首歌，從朝到晚，不同節目不同的唱片騎師[03]，他們都放著。大概那天是達明一派的組團紀念日吧，聽著那首歌，我突然有衝動把信都一把火燒掉。」

我看著張樂，想不出該如何答話，便保持沉默。

「第二個啟示，是那天電視上湊巧在播放的節目。我那天心情爛透了，沒有上學，躲在家中燒信和看《都市閒情》[04]。那天節目說的是家居種植，原來灰燼含有大量的碳酸鉀，可以當種植用的肥料，如果是農產品的話，收成的營養價值也會比較高。」

十八頁的情書殆滅在熊熊烈火之中，象徵著他和周怡的所謂關係終於逝去。他拿了那堆灰燼，隨便灑在陽臺掛著的盆栽中，沒多久，還真的長出花來，很漂亮。張樂起初沒為意，那盆花卻輾轉被他姑姑看到，大為驚訝。

「她說那盆紫藤起碼十幾年沒有開過花，問我施了什麼法術。從那天起我就知道，自己的天賦是用信灰來種花，為了種出更加美艷的花朵，我必須義無反顧地愛上更多女孩。那些我不配得到，只配錯過的女孩。然後刀割般地扯開自己，寫下情信，再燒燼。只有這樣，我種的花才可以更漂亮。後來，我種的蝴蝶蘭得了獎，得到那筆獎金，我決定退學。」張樂苦笑：「從阿怡開始，直到現在，我已不知寫了多少封情信，燒過多少的信灰，種過多少盆花，有過多少段感情。抑或是，根本不曾有過？」

雨停後，我和張樂離開了咖啡店，在依舊擠擁的鳥節路上分開。我一直不知道他那天的故事到底是真的，還是只是他臨時亂編出來的一個玩笑？我不知道，就像在不同軌道上運轉的人造衛星和隕星碎，我們至今沒有再見過面。
我看著垃圾袋中的波斯菊，想著這麼一個人。
不知道他這一刻在做什麼呢？

01 坑渠蓋：意指污水渠的頂蓋。
02 中五畢業：香港舊式七年制中學課程中，正在就讀中五的學生需報考名為「香港中學會考」的公開試，再以會考分數決定能否升讀中六。
03 唱片騎師：Disc Jockey，簡稱 DJ。香港一般泛指所有在電臺裡主持節目的播音員為 DJ。
04《都市閒情》：香港歷史悠久，主要供家庭主婦收看的午間電視節目。

10 星期日早上的地下絲絨

一

「人生就是這麼回事。就似植物的種子被任性的風隨意吹送一樣，我們也漫無目的地徘徊在偶然的大地之上。」

當我讀到這一句時，列車剛駛進牛頭角站。

抵著不斷往前甩的反作用力，我從椅子上站立起來，勉強往車門走去。在車門徐徐敞開，熱風往我臉上噴灑過來的前半秒鐘，我迅速把村上春樹的小說收好，放進背包內。我按時來到這家位於兆業街的快餐店，眼見阿池還沒到，便點了個美式早餐，邊吃邊等。與此同時，口袋裡的手機震動了起來。

「喂？」我把手機夾在肩膀上，拿著早餐盤步回座位。

「喂，是我。」話筒傳來阿美的聲音，似有若無。

我看著快餐店牆上的時鐘，七點正；阿美到底是早起，還是徹夜未眠？我嘆口氣，不禁為她肝臟暗暗祈禱。阿美是阿池的女友，或在技術層面上來說，前女友。二人貌似是在上個月分手的，背後原因是啥雞毛蒜皮的事，我始終沒問。畢竟，我跟阿池只在每個星期天見面，並不是很熟。

「告訴我他在哪裡好嗎？」阿美的聲線好重鼻音，該是哭過。

「阿美，」我好整以暇地掀起杯蓋，為咖啡加糖：「無論妳是昨晚問我，還是今早打來，我的答案還是一樣，我不知道啊。」

「可是，你是阿池的最好朋友啊。」

「我跟阿池只是星期天的朋友。」才說完這句，我就知道自己露餡了。

「今天不就星期天？」果然，阿美立即警覺起來。「今天就星期天啊。你幹麼這麼早起，是不是去見阿池？告訴我，他到底在哪！」

「星期天？」我沉默思索著，猶如一架在洛磯山脈中找尋空曠岩石降落的直升機，我緊咬牙關，嘗試找個理由來蒙混過去：「不，阿美，我想妳是幾天沒睡了？今天可是星期六呢。」

這是一個踩著鋼線的答案，一遇強風，直升機就會突如其來地翻側，墜下山谷。想罷，我低頭呷一口咖啡，嘗到過甜的味道，才發現多下了糖。

「星期六？」幸好，阿美轉趨疑惑，似是相信了。「今天真是星期六？」

「是啊，當然是星期六。就是可以睡到自然醒，然後明天還有一天假期的美好星期六。阿美，妳到底多久沒睡了？連星期六和星期天都分辨不了，這樣好嗎？」

「我……真是好久沒睡了！」阿美聲音一沉，哭泣起來。「我把工作辭去，整個月都待在家裡哭，要不就吃泡麵和喝白開水，每晚都睡不著。我好辛苦，一直打電話給阿池，可都打不通。阿池到底跑哪去了！」

我根本沒在聽阿美講話，而是邊喝著過甜咖啡，邊哼唱起 The Velvet Underground，口邊咕嚕一句：「也許，阿池已經跑去好遠好遠的地下絲絨行星了吧。」

「嗄？你說什麼？」

「沒，胡扯而已。」

我以半安慰，半草草了事的節奏來跟阿美道別，然後掛上電話。同時間，有人從外推門而進，是阿池。阿池默契地向我點頭，接著往收銀處步去。回來時，他手上也拿著一份美式早餐。我們沒有講多餘的話，因為咱們心裡知道，對於接下來要去的地方，我們都要保留力氣。

那裡是，地下絲絨行星。

二

一九六七年，中國內地文化大革命風潮蔓延至香港，左派工會借新蒲崗工廠事件發動暴動，東九龍地區實施戒嚴。就在香港遍地真假炸彈，市民人心惶惶之際，遠在地球另一端的紐約曼克頓，The Velvet Underground 灌錄了他們的首張唱盤。

臺灣人為 The Velvet Underground 取了個好名字，叫「地下絲絨」。我就是沒理由地深愛著這中文譯名。就像大學時期的我，總是獨個兒躲在後巷裡，穿著破舊的二手皮衣抽煙。「地下絲絨」這名字，給予我一種類似的感覺。實在是太喜歡了。

所以，打從我第一次認識阿池，知道他是地下絲絨行星的唯一合法公民時，我即控制不了心內的雀躍，並向阿池請求，期望他能把我收列為地下絲絨行星的第二個合法公民。

「我發誓，我會學懂所有地下絲絨的吉他和弦，也會把它的黑膠唱盤貼在牆壁上！」那時還留著長髮的我，激動得差不多跪倒在地上：「真的，就像薄餅店把薄餅大小貼在牆上。請你收編我為合法公民吧！」

「這不是重點。」

阿池雙眼瞇成一線，我看不懂他的表情：「重點是，地下絲絨行星的自轉週期跟地球不同。地下絲絨行星絕大部分時間也都是背向地球。要是用地球曆法來算，我們一星期七天裡，地下絲絨行星就只有一天時間是面向著咱們。」

「那是，一星期的哪天？」

「星期天啊。」

彷彿冰塊在陽光下漸漸融化般的理所當然，阿池點了點頭，帶笑看著我：「所以你要早起，因為星期天是我們唯一能夠避過隕星帶，順利進入行星軌道的日子。星期天早上，我們必定要唱〈Sunday Morning〉。」

「沒問題．那曲子我熟得很。」

「Perfect！實在是太好了。」

「除了〈Sunday Morning〉，我還會〈Stephanie Says〉呢。」

「很好。」阿池再次滿意點頭，並向我伸出了右手：「歡迎你，地下絲絨行星的第二號公民。」

就是這樣，我和阿池成為星期天的朋友。每個星期天早上，我們都相約在這牛頭角的快餐店中，為待會的升空和〈Sunday Morning〉作好準備。

原則上，「地下絲絨行星」的自轉週期，實在是與我和阿池的日常工作與生活，有著百利而無一害的完美切合。畢竟，我們任職的物流公司並沒有長短週工作，「地下絲絨行星」竟然可以在我們最沮喪的星期天早上自轉過來，把我們拯救過去，然後在星期一上班前，在隕星帶中開出一條通道，將我們安全地送回地球；這一切，實在讓我不能不讚嘆，行星宛如人性般的智慧，以及造物主的奇妙。

我把美式早餐吃完，把過甜的咖啡喝完。抬頭，阿池也早已吃完了，嘴角更殘留下丁點咖啡漬。我看著他，指著自己的下唇邊示意。

「嗯？」他不解。

「嘴角。」我說。

阿池會意，拾起紙巾在嘴角擦了下。接著，我們便離開了快餐店，沿著兆業街一直往工廠區進發。我們轉進其中一棟工廠大廈的貨用升降機[01]中，那是通往地下絲絨行星的發射站。

與此同時，口袋裡的電話又再震動起來。此刻即使不接或不看來電顯示，我也能夠清楚知道，這到底是誰打來的電話。

「混帳，你騙人！」我刻意側身，以免阿池聽到自己女朋友的聲音：「今天根本不是星期六，是星期天！告訴我，他到底在哪裡！」

此際聽來，她的聲音陌生得很。就像從浩瀚宇宙的另一端傳來，人類永遠無法解讀的外星語言。

01 升降機：意指電梯。

11 午睡共和國

一

那年十一月，我打了一個很長的呵欠。

估計有半年那樣長，若換算成距離，大概有從香港到馬達加斯加那樣遠。

十一月中旬，天氣微涼，每當時針接近下午兩點三十分，我總是不斷打呵欠，彷彿被人罩上一頂名叫「疲倦」的闊邊帽。那不是生理上的疲倦，而是精神上的疲倦，我大可到運動場去奔跑幾圈，卻無論如何都集中不了精神，完成案頭上的工作。

「你是不想幹了嗎？」老闆終於忍受不了：「辦公時間伏在桌子上打瞌睡？」

我慢慢睜開雙眼，桌子已被我睡至微燙：「噢，當然不，老闆，你可千萬別要誤會，我這麼做都是為了公司著想。」

我邊把頭髮被壓扁的部分按下去，邊從抽屜取出一份剪報：〈午睡片刻有助提升工作能力〉。

我照直[01]讀出。

本報訊，加洲一所大學最近進行了實驗，發現那些每週至少有三次，每次約三十分鐘午睡的人，將有助把患上心臟病死亡的風險降低百分之三十七。研究人員認為午睡可有助人們放鬆和降低血壓，那些經過午睡後的志願者明顯在一系列的筆試中比那些沒有午睡的志願者表現更好。

同樣，在一項對於民航飛行員的研究中，如果駕駛員在飛行途中能夠稍微小睡約三十分鐘，睡醒後的工作狀態和整體的警覺性可以提升約百分之三十四和百分之五十四，有助於保障飛機飛行的正常安全。

我挺滿意自己的朗讀，把報紙整齊摺疊好：「連飛機師都這麼做，我猜，睡午覺對提升工作效率真的有正面效果。」

老闆用奇異的眼光盯著我。

我繼續說：「老闆，請不要質疑我睡這一覺的用心良苦。在老闆你的英明領導下，全公司上下萬眾一心，日理萬機，躲在廁格裡玩電話、或是在茶水間裡反覆把水煮燙來爭取時間發呆，這類似的事當然是要不得，是絕對懶惰的行為。可我以自己的誠信擔保，在辦公時間伏在桌上睡覺，這在性質上確實完全不同。有道說，休息，是為了走更遠的路，睡午覺是為了公司的好。我冒著被老闆你親切地誤解，冒著下班後或要加班到晚上九點的危險，仍決心這般做，這可是懷著無比勇氣的專業決定，就像三島由紀夫切腹時視死如歸般的覺悟。」

老闆愣了好一段時間。

未幾，他說：「我完全不知道你在說什麼，你這狗屁不通的東西。」他轉身離開，直到房門關上，沒再看過我一眼：「別寫辭職信了，現在就收拾東西，滾。」

二十分鐘後，我捧著一個紙箱走出公司所在的商業大廈，天空下起一陣小雨。

我沒有帶傘，唯有躲在冷氣盛放，氣溫反差得冒起水蒸氣的落地玻璃門前避雨。路上穿著西裝的上班族往往來來，用公事包擋著雨，彷彿耽誤半秒鐘都是惡貫滿盈，要被送往不勤力做事集中營裡去槍斃似的。

「借過啦。」身邊穿藍衣的清潔大嬸在抹水蒸氣，我唯有走出去，任由十一月的雨水落在我的頭顱上。雨水順著我的頭駛流至我的眼鏡，把兩片鏡片都徹底糊掉了。我雙手無暇去抹，僅憑著眼前輪廓去辨路。

如此狼狽環境下，我仍能從容不迫地打起呵欠來，大概我真的很睏。

就在此時，一塊茶包形狀的靈感，從我的第三個呵欠裡冒出，一個過分大膽的點子在我腦海裡快速建構成藍圖。

我忽然覺得，我應該以身作則，為這城市帶來黑暗中的一點改變。

若然成功，那真是一場革命的開始。

而我親愛的子民，我們美麗而古老的國家，午睡共和國，正是從歷史上的這個時間點開始誕生。

二

「說什麼？把工作辭掉了？」

回家後，同居女友翠兒驚訝，瞪大的雙眼讓我想起貓頭鷹：「你怎麼可以這樣？我們這個月的房租怎麼辦？」

我的呵欠依舊在打，發現牆上的布穀鳥掛鐘是晚上九點整，布穀鳥卻沒有開門報時。

「不是辭掉，我是被老闆解僱的。」

我把掛鐘摘下，研究那是什麼一回事。

「天，那更糟！」翠兒雙手抱頭，完全忘記自己正在洗碗，手上滿是肥皂泡：「你的老闆不可能會替你寫推薦信，你的履歷也會變得一塌糊塗，你準備怎麼去找下一份工作呀？！」

「解決方法很簡單，就是不要去找。」我用螺絲批[02]旋開掛鐘。

「你到底在說什麼？難不成房租不用交嗎？」翠兒怒氣沖沖地走出廚房：「你可別奢望我可以幫你付。我已經告訴過你，我那僅餘的積蓄已全都耗掉在上個月跟小敏去泰國，我真的無能為力了呢！」

「嗯哼，我知道。」我瞇眼看掛鐘的內部構造。

掛鐘內部比鋼琴還要精細，充滿一陣松木味，我看到黏在指尖上的木屑灰，瞬間有種自己是一個背著斧頭，在黑森林裡游離浪蕩，尋找合適的松樹來採伐的小木工感覺。我懷疑布穀鳥不動是跟發條有關，用食指觸動一下，卻除了木屑和潤滑液，得不出任何其他結論：「對了，妳記得布穀鳥有保養證[03]嗎？」

她安靜看著我：「有時候，我會覺得我倆距離很遠。」

肥皂泡沿著她的手往地板滴，我大概猜到她接下來要說些什麼。

「當初我可是堅持不理老媽的反對，決定跟你住在一起！老媽說得對，你這個人就是這樣，自己想怎樣就怎樣，自私得完全不理別人。前陣子說要搞什麼樂團，不到幾天又換說要開畫廊。老媽千山萬水才在舅舅那邊替你拉來一份工作，你為何總是要搞垮？再過兩年便要三十五，你為何就不能務實一點？你幹麼就不可以面對現實？」

說著，翠兒哭了，眼淚掉在地上跟肥皂泡糊在一塊。

我嘆一口氣，掛鐘擱一旁，用衛生紙把地板上的眼淚和肥皂泡抹掉。

「前陣子，我讀過一本書，書裡一句話我覺得很有意思。它說，我們都以為自己活在綠洲，錯覺這是沙漠中唯一一個存在水源的地方。我們總是無條件的相信，只要稍一踏出綠洲半步，我們的生活就會變得無比艱苦。但其實呀，四處都是沙漠，根本沒有分別。」

「什麼沙漠？聽不懂！」翠兒哭得可憐：「誰寫的！」

「伊坂幸太郎。」

我嘗試憶述書中的句子：「『你只是自以為走投無路而已，人都是這樣子，就像在沙漠裡用一條白線圍出一個區域，大家都害怕白線以外的沙漠，一步都不敢跨出去。明明周圍都是沙漠，可以來去自如的，卻主觀地以為只要踏出白線就會死掉。』」我頓了一頓，又道：「所以根本沒差，只是妳沒有勇氣去改變，覺得自己的位置是最安穩，便會編出無數個瑰麗堂皇的藉口。只有妳願意，其實每天都可以出走。」

咕酷！咕酷！

像要附和我的話，沙發上的掛鐘打開了，布穀鳥彈出。

三

纏綿過後，赤裸的翠兒躺在我的大腿上，吃著雪梨。

我從書房抽出一疊厚厚的資料，放在客廳的小咖啡桌上。

「這是什麼？」

「都是關於國際法和聯合國海洋法公約的資料。大部分從網路上找來，有些則是中央圖書館裡的影印本。」我輕摸翠兒的頭髮，繞著她的耳朵輕輕打轉：「我們必須把它們熟讀，才可以進行下一步的計劃。」

感覺到翠兒的髮質有點乾旱，大概是家裡的護髮乳早已用完，下次經過超級市場，記得要多買兩瓶才成。

她眼皮半蓋，一副沒精打采地拿起放在最上的資料，那是一幅藍白彩色的航海圖，畫滿海洋等深線，以及普遍遠洋船隻的航行路線。

「我不明白。」她懶洋洋問：「這是香港水域的地圖嗎？」

「是英格蘭東岸的海洋地圖。」我指著海圖中距離海岸線以東大概十公里，被打上兩個交叉的地方：「看到這地方嗎？它叫做『西蘭公國』（Principality of Sealand），是世界上面積最小的一個國家。」

「我以為世界上面積最小的國家是梵蒂岡。」

「沒錯，梵蒂岡是世界上面積最小，普遍被世界所承認的獨立國家。可如果從廣義的說法來講，先撇開主權和合法性的觀念，『西蘭』其實才是世界上最小的一個國家，它的領土面積大約只有五百五十平方米，比香港很多豪宅還要小。」

「我不感到奇怪。」翠兒說：「反正香港很多豪宅業主都自以為是國皇。」

「『西蘭』並不一樣，它比很多土豪的囤地比賽都還要浪漫，這是有夢想和沒夢想的分別。」我放在航海圖，抽出資料裡的另外兩份文件，是《西蘭公國大事年紀》的黑白影印本，和一幅怒濤堡壘（HMS Fort Rough）的圖片。

翠兒指著影印本上字跡：「你好認真哦，還做了筆記。」

「那是以前借過這本書的人寫的，大概世界上有人跟我有著同樣的想法。」

「『西蘭』位於離英格蘭海岸十一公里外的海上堡壘，在第二次世界大戰期間的一九四二年，作為『默恩塞爾海洋堡壘計劃』（Maunsell Sea Forts）中眾多堡壘的一個，皇家海軍開始在英格蘭開工建造怒濤堡壘。不過當戰爭結束後，所有的官兵都撤離了堡壘，怒濤堡壘被徹底廢棄。一九六七年九月二日，前英國陸軍少校派迪．羅伊．貝茨（Paddy Roy Bates）占領了這個無人堡壘，並且根據他自己對於國際法的解釋，聲稱對怒濤塔行使主權，宣稱怒濤塔周圍半徑十二海里的水域都是該國的領海。自此，『西蘭公國』便成立了。」

翠兒看著怒濤堡的黑白照，半信半疑：「這算是那門子的堡壘？分明只是一個由爛駁船和鐵皮貨櫃組成的荒廢海上平臺，還不如北海的那些鑽油臺。」

我對翠兒的輕蔑態度感到有點不悅，卻沒表達出來：「妳千萬別輕視『西蘭』，妳知道嗎，『西蘭』在它宣稱的領海範圍內，至少曾一次抵抗過英國戰船的侵犯，那可是嗚刀嗚槍的認真戰爭哦！而且在一九七八年，當時的『西蘭首相』亞歷山大教授，趁貝茨上校不在西蘭之機與其他幾名德國、荷蘭公民策動了一次武裝政變，強制接管了怒濤塔，並俘虜了帕迪的兒子麥可！妳看，雖然它的國土面積細小，但這些奇怪的內政外憂問題，對『西蘭』來說是一樣存在的。事實上，『西蘭政府』擁有自己所修定的憲法、護照、政府通告、貨幣、郵票、政府網頁等，相當認真呢。直到現在，『西蘭』的常住居民至少已經有五人。」

「瘋子！」翠兒訕笑：「一大群瘋子！」

「可能是吧……」我嘆一口氣，把資料收拾整齊：「可是有一件事很重要，妳知道是什麼嗎？」

翠兒看著我，靜默片刻：「什麼？」

「每一個偉大的理想，剛剛聽起來的時候，都只會是狂想。」

四

我沒在翠兒身上浪費更多唇舌。我明白有些人就是這樣，當你提出一個構思時，他們總會說出一萬個打消你的藉口，生怕你的冒險會飛出他們的狹窄世界觀。諷刺的是，待你真正把那事情完成，這些人又會毫無羞恥地再次出現，拍你肩膀說：「看吧，我不是早說過你一定成功？」與其相信他們，我寧願把時間和資源都投放在真正可以協助我的人身上。

我花了僅餘積蓄的十分之一，預約了一家頗有名氣的律師事務所的六十分鐘諮詢時間。

當那位連說粵語也彷彿有捲舌音的接待小姐，在電話中再三確認我的諮詢事項時，我從容不迫地重複：「對，我是想問一下，如何用合法途徑去建立一個私人國家。」

「嗯哼。」她遲疑回答：「我明白了。」

言外之意像：「隨你便吧，反正花的都是你的錢。」

諮詢當天，我被帶進一個鋪了灰色地毯的房間，角落處掛著一幅西洋畫。

「你好，我是林律師。」跟我握手的林老律師，宛如老爺爺般和藹可親。

「請問，那是一個男人嗎？」坐下時，我忍不住指著畫問：「他臉上怎麼糊掉一片啊。」

真的，在那幅沉色基調，充滿舞臺立體感的油畫正中央，顏料就像被小孩子惡作劇用香蕉水地整個糊掉，眼耳口鼻都奇怪地歪曲在一起。我想起《豆豆先生》的其中一套電影版故事。

「噢，你是說那幅畫啊……」

聽了我的話，林老律師也轉頭去欣賞自己買回來的畫藏：「那是法蘭西斯．培根（Francis Bacon）的自畫像。是有點駭人對吧，畢竟他中後期的作品都要環繞兩大主題……」他慈祥地看著我，笑道：「死亡，和腐朽。」

「有趣。」我坐下：「我還一直以為培根只是早餐吃的東西。」

林老律師也坐了下來，翻開櫸木桌子上的厚重資料：「時間無多，這位先生，我們還是先說說你的案子吧……你的諮詢事項是，如何在有效的國際法規範下建立一個私人國家？」

「沒錯。」我沉在扶手椅裡，蹺起二郎腿：「我要成立一個獨立的共和國家，遠離這個令人窒息的城市，自成一角，就像『西蘭公國』一樣，你有聽說過『西蘭公國』對吧？」

「當然。」林老律師點頭。

「見多識廣，果然是律師。」我說的可是真心話：「那，依你對這城市法律的多年認識，你估計有什麼我是必須留意的？」

「難，很難……」林老律師搖搖頭，摘下老花眼鏡：「所謂的私人國家，大部分都只是他們單方面的宣布獨立，並沒透過任何主權國家或任何國際組織承認，包括『西蘭』，你去問一下英國本土公民，他們甚至連它的存在也不知道，即使知道，也只會視它作為下午茶聊天可用的冷場笑話。現在已經不是陳勝和吳廣的年代，除非你能夠喚起十數萬人陪你拿著掃把去起義，否則所謂的建立私人國家，實跟你在社交網站上成立一個群組無異。不過，當你成功起義，從我們的角度來說，那其實已經是違法的行為，跟你的原意不符哦。」

林老律師的眼光充滿無奈。

「果然還是不成嗎？」我嘆氣，看著牆上的培根發呆：「難怪曾有某個自大的人說，作為網路名人，他有一種當皇帝的感覺，看微博就像看奏章，說的原來是這個。」

「是的。」林老律師點頭：「他們自大，也同樣自悲。」

「可真是困難啊，我還想成立一個以午睡為號召的私人國家。」我吞一下口水，苦苦的：

「在那個近乎完美的國度裡，睡覺不再被視為禁忌，我們總可以隨時隨地，隨心所欲去睡。」

「啊……有趣。」

出乎意料，林老律師並沒如翠兒一般地取笑我，反之是像聽到某種好玩的概念，他的眼神變了：「如果是關於午睡的話，我想，我還有一個辦法。」接著，他從椅子裡站起：「請跟我來。」

五

我和林老律師搭乘了六個電車站，來到軒尼詩道以北的一條小巷裡。

因為沒帶手錶，一路上我要頻頻取出手機來看時間。

「別擔心。」似是看穿了我的憂慮，林老律師沉默一笑：「你我算是同志，這段時間不算你諮詢費。」我不確定他謂同志是啥意思，生怕接著下來他正要帶我去某種酒吧，我沒說話，唯有報以一個勉強的微笑。

結果埋藏在小巷裡的不是酒吧，而是一家床墊專賣店。

「我們進去。」林老律師推門，我緊隨在後。

「咦？林律師！」一個紮馬尾頭的中年女人，她甫看到我們便迎了上來：「今天怎麼早來了？」

「是的，我給你介紹一個新朋友。」林老律師手搭我的肩膀上：「這年青人是我的客戶，游先生。」

「太好了！再多一名年青人，後生可畏！」馬尾女人喜道，就像真的見到什麼值得高與似的。

我沒弄清這到底是怎麼回事，只好公式回答：「幸會。」

這床墊專賣店跟別的連鎖專賣店沒差，大概七百來呎的面積單位，八成空間都是用來放床墊和枕頭，從五百塊的廉價貨，到過萬元的高品質歐洲手造貨都有。店裡人流不多，除了我們三個，再沒其他人。

想也是，有誰會用寶貴的午餐時間來看床墊呢？

「他們都在樓上。」馬尾女人解釋，說話時頭部就像日本人般微微晃動：「來吧，你們也趕緊上去。」她迫不及待帶路。

我回頭看林老律師，他帶笑點了下頭，像在說：「你待會就會明白。」

老闆娘帶領我們走上一條旋轉樓梯，繞了整整三百六十度，到二樓。

同樣的店鋪大小，同樣地放滿床墊，不同是，這裡的每一張床墊上，都睡著一個人。有男有女，有老有嫩，從他們穿著的衣服來推測，他們來自城市不同處：有穿美式快餐店制服的侍應生，也有穿西裝裙的中環白領；有把黑色帽子小心翼翼放床邊的巡警，也有穿上還繫著白色圍裙的大廚；有穿中學校服的學生哥，也有穿無袖汗衣的退休老人……

這裡至少躺著三十個人。

我的中文貧瘠，明知用「壯觀」來形容有點奇怪，霎時間，我硬想不出有任何形容詞來描述這躺在面前的三十個男男女女。他們或許沒有共同的職業，難以歸納出明顯的共通點，可此時此刻，這三十條靈魂一致地躺在那本應只是陳列品的床墊上，只做著同一件事情。睡覺。

我有點被嚇住：「怎麼回事？」

「噓——」站旁邊的老闆娘，把食指放在嘴唇上：「別把他們吵醒。」

六

「我跟你一樣，都是一個喜歡睡午覺的人。」

五分鐘後，我和林老律師回到床墊店一樓，老闆娘端出一壺咖啡，給我們倒了兩杯。

「因為工作關係、這城市的主流價值觀、或是種種原因，我無法隨心所欲地睡午覺，至少，我就無法在我的事務所裡睡午覺。」林老律師喝一口咖啡，看著我：「你懂我意思吧？」

我點點頭。

「那時候我覺得好沮喪。睡覺明明只是一種最正常的生性作息機制，而睡午覺，僅只是把這種作息時間選擇在中午時段去執行，為什麼偏要被人視作懶惰，不務正業，不想幹的象徵呢？像呼吸，難道你會因為一個人在某個特定時段內增加呼吸次數而覺得這個人是懶惰和可惡的，再不值得聘用嗎？」

「不，正好相反。」我呷一口咖啡，來自非洲肯亞的香氣在口腔內縈迴：「我曾讀過一份報導，有研究指睡午覺能提升工作效率。」

「就是這個意思。你知道在臺灣的小學和中學裡，午休時段是強制性的，那個學生不願意伏在桌子上睡午覺的，可要被老師給小過哦。」林老律師說。

「不過話說回來，伏在桌子上睡覺，這對頸椎也不太好吧。」我質疑。

「說的也是。」

林老律師把故事說下去：「沒法睡午覺使我在下午工作的時候沒法集中精神，那陣子的我，午飯時間總會在這區域裡游離浪蕩，覓尋一個可以使我小睡片刻的地方。結果，我找到這裡。」

「這裡？」我好奇，引導他繼續說下去。

「這裡。」林老律師把咖啡一飲而盡，雙眼瞪大：「這裡是睡午覺地下俱樂部的會址，一大群跟我們有著同樣志趣的人，趁著午餐時間，總會來到這裡睡覺，然後給一丁點的，帶有象徵式的『借宿費』給老闆娘作會費，就像你剛才所見，睡在樓上床墊上的那些人。告訴我，你不是想建設一國家的嗎？一個屬於嗜睡人民的自由國度，午睡共和國——游先生，我們將會是你國家的第一批國民呢！」

頭頂傳來一陣鬧鐘聲。

我看手機，剛好是午後一點二十分，午飯時間還有十分鐘就結束了。

二樓傳來喧嚷，腳步聲逐漸增加。不久，那批剛剛睡醒，有不少的頭髮被壓扁了的人，魚貫走下旋轉樓梯。

一如我剛才所見，各行各業，男女老少。

「謝謝，明天見囉。」

老闆娘端著咖啡，替每個人都倒上一杯。

七

晚上回家，翠兒正在廚房準備晚餐。

「喂，你今天面試怎麼樣？」

我故意向翠兒撒謊，訛稱自己今天是去應徵新工作。

「嗯哼……」我脫掉左邊鞋子。

「嗯哼？」她睜大眼睛。

「嗯哼。」右邊鞋子。

「喂，嗯哼是什麼？你該不會又搞砸了？」她懷疑。

「嗯哼即是還不錯，還可以。」我上前抱緊她。

「還可以？」她的眼睛睜得更大。

「還可以，還不錯，還行。」我胡說八道，右手伸進她寬鬆的麻質家居服中，解開胸罩背後的小扣子：「可真期待著新工作呢。」

煮義大利麵的水，鋁鍋中的番茄醬，咕嘟咕嘟地滾沸著。

接下來的兩星期，我每天都會到那床墊店去觀察，確定那班睡在二樓的人都不是林老律師為騙我而聘請回來的戲子，而是一個一個承載著同樣渴睡的靈魂，貨真價實的香港市民。

我有嘗試加入，一塊睡在那些本來只是陳列品的床墊上。

我不是一個習慣睡陌生床的人，以往外遊，即使住最貴的酒店，有兩三個夜晚，我都會在床被裡輾轉失眠。奇怪是，當我躺在這些還沒被拆封，表面還包裝著塑膠的陳列床墊時，無懼冷氣孔吹來的涼風，我是睡得不知不覺。醒來時，我記不起做過的夢。

沒夢，代表睡眠質素異常的好。

「很驚人是吧？」

待我第十一遍喝那杯「事後咖啡」時，林老律師說：「起初我也不相信，以為這只是某種暗示催眠的爛把戲。你也明白，在這瘋狂的城市裡，能夠睡一場真真正正的好覺是種奢侈品，比在五星級酒店裡開私人派對更夢幻。」

「可不是。」我輕輕吹拂，深黑色的肯亞咖啡上泛起漣漪：「年輕人越大，就越會珍惜得來不易的睡眠時間。因為只有睡覺，才能讓你暫時逃離這混帳的世界。」

看到其他床墊上的男女遂漸醒來，我忽然想起電影《Inception》[04]一幕，有一大群不認識的人，每天都會到迷幻藥販子那邊買夢。對他們和莊周來說，真實與夢境之間的那條界線，已經被時間沖刷得越來越模糊。

我沉默片刻，問林老律師：「那，接下來呢？」

他的眼神堅定：「小伙子，接下來就全靠你囉。」

我感到猶豫，像霎時間要推我上前，當幾萬個叛軍的反抗領袖（儘管午睡同好會裡只有三十來個中堅會員），沉重得讓我喘不過氣。

我表達出我的隱憂，林老律師處之泰然：「別擔心，小伙子，可別忘了這是你提出來的點子呀。」

確實，成立午睡共和國是我的點子。

就這樣，在這個陽光異常暖和，維港依然灰朦，灣仔電車站依舊維持著每分鐘三臺電車的悠然下午，我領著床墊店裡的三十名同志，開始這場革命。

八

香港仔，珍寶海鮮舫。

作為地球上最大規模的海上食肆，珍寶海鮮舫的豪華裝修，確實跟明清時期的皇族莊園不遑多讓。

我看著吊掛在大飯廳頂端的橘紅燈罩，想起電影《食神》裡周星馳大戰谷德昭的結局，想不起上一遍來這裡吃飯，到底已經是中學還是小學時候，跟家人來送別大陸下來的親戚？反正已經是二十年前的事，追憶似水年華。

「先生，很抱歉，我們今天特別滿，實在是沒位子了。」穿著白色制服的侍者。

「了解。」我隨意回答。

我把目光鎖定在侍者身後兩米，另一張大圓桌上的林老律師。我倆四目交投，有共識地輕輕點了下頭。

林老律師即又再轉頭，向坐在其他桌上的同伴逐一打眼色。

我一瞥事前已經跟大伙兒核對時間的手錶，晚上十一點二十九分，距離行動時間還有一分鐘。我興奮得手心溢汗。

大概三個月前，我跟床墊店三十三名同志，分別以不同名義向珍寶海鮮舫訂桌，有組織地把這天晚上整臺珍寶海鮮舫裡的每一張桌子都訂下。三個月裡，我們在床墊店裡翻覆演習，將在畫舫上演的動作戲碼。

「首領，我始終不明白。」

三個月前，其中一個同志問。我記得她叫夏洛蒂，在國際航線上當空姐：「我明白我們即將要革命，也對接下來無可避免的犧牲，作出了最豁出去的覺悟。請首領相信我，我絕對願意為建立我們的理想國度而流血，甚至失去性命。我只是不明白一點，為何要是珍寶海鮮舫？」

「為何要是珍寶海鮮舫，嗯哼，這是一個好問題。」

我左手按住冷帽，右手用鉛筆把計劃圖寫完：「如果妳願意去研究世界歷史上每一個成功建立的私人國家，與它們最終為啥而失敗的終極原因，妳會發現革命的發源地點是個極其重要的因素。我們需要一個進可攻，退可守的據地，有心力準備跟警察或是任現身阻撓的人作長期戰爭。

「如果我們把據點設在這家床墊店裡，或隨便一個工廈單位中，它們實在太容易接近，而且宣布獨立後，要不就是全世界都會當妳是笑話，要不就是完全違憲，給警察有藉口去抓妳。所以，一如『西蘭公國』的經典例子，我們必須找一處四面環海，跟國家領土有著一定距離，既能受國際法保需，需要時卻又可以隨時泊岸的海上平臺。」

「但為何是珍寶海鮮舫呢？」夏洛蒂始終有點遲疑：「對不起，我從小對海鮮過敏。」

「在香港領土內有機會搶劫得到的海上平臺，除了雙魚星號和獅子星號，我就想到珍寶海鮮舫。畢竟，在海鮮舫上工作的侍者和廚子，大多都沒有想過，這艘大船終有一天會被人搶劫，拖至香港水域以外並宣布獨立的可能。」

我又補充：「別擔心，我答應，成功以後，我們絕不煮海鮮。」

九

時分秒針搭正十一點半，是時候了。

我向周圍各個同志都打了下眼色，站起來，身旁侍者還道我終於要買單結帳，卻也察覺到，大飯廳裡三十幾臺圓桌的食客也同時站了起來，嚇傻了眼。

「Action！」我打喊一聲，抽出風衣內側的麥林手槍。

槍是我們網購回來的ＢＢ彈槍，自行噴漆改裝。其餘三十三名同志也紛紛拔槍，槍口一致瞄準飯廳裡八個的倒楣侍者，場面好不壯觀。

「打劫，都別動！」我大喝。

「我們不是在說笑！快，都蹲下！」林老律師也唸著臺詞。

我們按照計劃，把八個侍者以集中一處，背對背地用麻繩綁在一起，瞬速控制了這一整層的情況。

珍寶海鮮舫共有四層，若把各層的廚房、廁所、走廊以及員工休息的地方，和連接在珍寶海鮮舫周邊的幾艘駁船和汙水處理船也一併考慮，現在還在船上的職員至少有二十五個，以我們的行動人數，實只不過是勉強制住。要速戰速決，就得分頭行動，我們按照計劃，以三人一小隊的進行滲透。

「小伙子，瘋了嗎？」其中一個較年長的侍者，被綁住仍士氣不損：「收數櫃早已經清算，現在整條船都已經沒錢了！打劫個屁，你們瞎忙而已！」

我止住腳步，回頭向老侍者道：「別擔心，我們不是要錢，是要這條船呢。」

我領著我的二人小隊往四樓直闖，一路把途上遇到的侍應和部長制服，並以麻繩綁住。幸好我們的事情準備功夫有條不紊，就連海鮮舫裡升降機門的閉合秒數也計算其中，兩分鐘後，我們已經無聲無息地把整棟建築物控制。

我把船上僅餘的當班水手（因為整艘船根本不會動，他們只是樣板戲般呆在這裡當班）趕到船頭甲板去，槍指其中一個，平靜說：「起錨。」

「什麼？」他傻眼。

「起錨，我要開動這條船。」

水手吞吐：「這船從十年前改建開始就沒曾移動過，我不知道還管不管用呢……」

「那就試試啊。」我舉槍抵他的頭，故意裝出冷酷的樣子：「用不著我親自教你吧？」

「不，不用……」死亡的威脅下，水手屈服。

幸好他說不用，不然我真的不會操作。

發動機絞轉，把長滿鐵鏽的鋼纜從香港仔海底扯上來。

鋼纜每捲進一吋，彷彿距離我的夢想也接近了一吋。終於，水底下出現龐然大物，十幾年沒見過天日的巨型船錨給扯了起來，水手把錨置在甲板上。沒了承托，船身也彷彿隨浪飄動了起來。

十

我們把所有伙記綁在一起，驅逐到其中一條接駁艇去隨浪流放。四十分鐘後，一條打魚回航的機動漁船湊巧經過附近水域，聽到黑暗中接駁艇上傳來的求救聲，才發現狀況。

那時候，我們已經把珍寶海鮮舫駛出香港仔海峽。

有誰會想到，珍寶海鮮舫居然有離開香港仔的一天。

那是一種奇妙的感覺，把這富有歷史和故事的龐然巨物駕出平靜海灣，一直向南，乘風破浪地往更遙遠的南中國海緩緩前進。其後的象徵意義就好比德國導演荷索的《陸上行舟》裡，夢想家嘗試把雙層汽艇拖上熱帶雨林中的山坡，乃是一種明知不可為而為知的瘋狂勇氣。

我們三十三個人都站在甲板上，儘管滿臉都是飛彈過來鹹鹹海水，又濕又凍，我還是感到熾熱。

「同志們，今天是神聖的一天！就這裡，就現在，我們正站在近代歷史裡最重要、最應該被史書記下的一個轉捩點上！從今天開始，這畫舫不再僅是一只畫舫而已，而是我們的國家，我們的領土，值得我們捨身去保護的理想國！我們的子孫，往後的世世代代，都要緊記我們今天的所作所為！我們為了尋覓真正的自由，為了建立一塊可以隨時隨地，隨心所欲去睡午覺而不被打擾的理想國度，我們願意去奮鬥，願意去破舊立新，願意去把這只爛船拖出公海，把不可能變成可能……」

我深吸一口氣，看著這群年齡性別盡不同，理想卻同樣壯烈宏偉的香港仔三十三義士（靈感當然來自黃花崗七十二烈士）：「現在，我正式宣布，午睡共和國，成立了！」

海風一凜，我彷彿聽到了掌聲。

一個義士忍不住打著呵欠。

陸陸續續地，傳染病似的，我們都打起呵欠。

很長很長的呵欠。

直到半小時後，水警快艇包圍了珍寶海鮮舫，太陽般刺眼的白色大光燈照亮了整個甲板，大批荷槍實彈的攻擊隊員從直升機降下，我們的呵欠才戛然而止。

---

01 照直：意指直白。

02 螺絲批：意指即螺絲起子。

03 保養證：又稱保用證，意指賣方同意修理或更換已出售貨品的協議，亦即臺灣的保證書。

04 《Inception》：香港譯名為《潛行凶間》，臺灣譯名為《全面啟動》。

12 看雲的好日子

一

雲是有脾性的，這不是一件很多人知道的事情。

每當我跟朋友說起這件事，他們總會以為我在說笑，覺得這是種深奧難明的隱喻。可他們都誤會了，我這輩子說過的大部分話都可能是謊言，唯獨關於雲的事情，我可是非常認真，絕無半點戲言。雲的確有脾性。

相信我，我知道你此刻在想什麼，畢竟要推翻自己長期以來信奉的事，重新適應雲朵居然擁有自我意識、會因為它們的情緒而演變成不同形態，這確實存在著一定困難，作為過來人的我非常明白。就像當初我站在貝勒先生的辦公室裡，應徵這份名為「雲的管理員」的職位時，我還差點以為自己剪下了一份由精神病人刊登的招聘廣告。我花了好長一段時間去慢慢慢接受，反覆聆聽貝勒先生存起來的舊卡式帶，以至當我第一次登上貝勒先生的飛船，親身跟雲談起話來，情況才得以好轉。

為何覺得雲朵不可能有脾性呢？就像相信進酒店房前要敲三下門、或相信星州炒米的確來自新加坡，不願相信雲朵是活的東西，這是一種植在我們腦袋底層，根深蒂固的認知謬誤。

從小學二年級的課本中，我們可以讀到雲是地球上龐大的水循環的有形結果。太陽照落地球表面，海洋水氣蒸發形成水蒸氣，水氣飽和，水分子就會聚集在空氣中的微塵周圍，凝結出來的水滴或冰晶便會將陽光散射到各個方向，產生雲的外觀。我們肉眼所見的雲的顏色，時而淺白時而瘀灰，這全都是因為雲層的厚度。雲薄時是白色，雲厚時是灰色。雲是水分造的，所以雲不可能有脾性。

可每當我們站在地平線上仰頭遠眺，對著頭上雲朵大言不慚時，我們總會忽略了一件顯然而目的事情：身為人類，我們身內超過百分之九十五也是由水分組成，按此邏輯，難得我們也不配有脾性了嗎？

與其相信人類的自以為是，我寧願寄情於雲兒的率直。

我有見過會喜悅的雲、也見過憤怒的雲；在陰灰日子裡遇上一片悲傷的，也在刮風日子裡見過一片恐懼的；乾燥時牠們會厭惡、陽光燦爛時牠們會驚奇。當然也有些較不好說的情況，雲朵會變得窘迫、內疚、害羞和驕傲，難以在一時三刻間尋得理由。牠們很像人類，卻也很不像人類，皆因雲朵從不說謊。我想這關乎於牠們那極其短暫的壽命。只要下雨，雲的一生便結束。即使有夠好運，下遍循環竟能把同一團水點聚集一起，那片新組合出來的雲也不會是同一塊，記憶和性格也完全不一樣了。就像只有三秒記憶的金魚、或是黎明前夕的亡魂，生命苦短，陽光出來便要魂飛魄散了。

對於雲，我所知道的一部分是來自貝勒先生，更多部分則來自這份職業上的個人探索，以及從雲朵口中親身聽回來的故事。

我是如何當上了雲的管理員？這故事必須從我來到這城市的那天開始說起。別急，雲層上，我們時間多的是。

二

我是在十月的最後一個禮拜來到這城市。

那天陽光很猛，我開著我的福士，以時速不超過一百一十公里從南方的快速公路進城，我清楚記得，當我駛經那塊宛如廉價餐廳菜單的「歡迎進城」路牌時，電臺正放著 The

Buggles的〈Video Killed The Radio Star〉。就像調上深藍濾鏡的八釐米電影鏡頭，直到現在，我彷彿還能嗅到那天窗外捲來的陣陣柏油味。

我曾在旅遊書上讀過這城市的資料，卻因為只占那書其中一頁的半個版面，除了知道它是個以石油和鹹牛肉批[01]聞名的前工業城鎮外，我沒有知道更多。可惜石油早在我到來的五年前便枯乾殆盡，石油公司離去，並一併帶走城市的四分三人口。繁華被逐漸凋零，就像一個再沒有人進場的園遊會，如今只遺下一根根佇立向天的工廠煙囪、人去樓空的摩天大廈、和鹹牛肉批。

身為一個過路者，我可不是自發性地駐留在這城市。若不是因為福士的引擎冷卻系統出現問題，使我不得不在汽車旅館多住兩晚，我甚至不會吃到這城市的鹹牛肉批，也不會知道關於雲的事。在我蹲在旅館的停車場裡，被機油塗汙臉頰的第二個晚上，我開始意識到要重修這臺廢鐵是個不可能的任務，除了因為附近一帶缺乏比較像樣的汽車零件店外，最致命原因，是我從沒發覺自己一直開著一臺早已經絕版的車子。與其費神去找那不可能被找到的引擎冷卻喉管，倒不如認真清算一下自己的錢包有多厚，距離買一臺新車有多遠。

答案是，距離泊在二手車廠的最顯眼位置，一臺標示著最低價格的淺藍色本田，我還差大概三個多月的工資。翌日早上，我開始看報。

正如我一開首說過，在還沒遇見貝勒先生之前，我壓根兒沒想過「雲的管理員」是個什麼鬼東西。這可不能怪我，誰叫他把招聘欄目夾雜在大廈管理員、停車場管理員等類近名字的職位廣告旁，害我以為「雲」、或是「雲的」，僅僅是某棟大廈的奇怪簡稱。當然，吸引我去應徵的終極原因，除了是那高出其他管理員工作兩到三倍的時薪外，當然還有欄目下那行歪斜的粗體黑字：「工作時間短，充足私人時間」。

貝勒先生的辦公室建在城中某棟摩天大廈的最高一層，儘管那是一棟早被棄置了的摩天大廈（整整七十二層只剩下不多於十個租戶），當我站在那建於四十年代的鋁金窗框前，看著那七十二層樓下的斑駁街道時，我還是不得不承認，當時實在被這突如其來的氣派嚇唬了。

「你有懼高症嗎？」

穿著整齊褐色西裝，禿頭光如一顆雞蛋的貝勒先生問道，那是他向我說的第一句話：「我可不是說現在。平常站在高處，你會懼高嗎？」我留意到貝勒先生身後已泡好了咖啡，唱盤機還轉動著我唸不出名字的哈瓦那黑膠：「沒有，難道工作的地方也很高？是在這裡嗎？」

「更高。」

貝勒先生話很簡潔，他遞過一杯咖啡：「你有讀過任何一首關於雲的詩嗎？白雲的那個雲，詩歌的那個詩。」縱然糊里糊塗，我還是喝過一口咖啡，把腦袋低層的陳年讀物翻出：

「有，只會一首，顧城寫的。」

貝勒先生閉起雙眼，面向窗外猛陽：「試試看。」

「你
一會兒看我
一會兒看雲
我覺得
你看我時很遠
你看雲時很近。」[02]

我勉強讀出，感受著這極其尷尬的靜謐。

未幾，貝勒先生再次張開眼皮，把咖啡放在茶几上，沒看我一眼：「很好，跟我上來。我帶你看看工作的地方。」

三

碼頭建在辦公室正上方，也就是整棟大廈的最高天臺處。

我們登上一條鋪著暗藍色天鵝絨地毯的旋轉樓梯，往上一層，推開兩片厚得像防彈玻璃窗的透明滑門，來到這位於七十三樓的戶外空間。這裡當然不是停泊巨型遊輪，可以聽到海浪泊打聲的那種岸邊碼頭。然而兩者相差無幾，畢竟，我從沒想過，在這距離地面三百八十一米的超高空上，竟會建著一個標準規模的飛船碇泊塔。

是的，裹著一個超級巨大的氣囊，任意馳騁於空氣中，速度卻比飛機慢上很多的那種巨型航空器。你也可以叫它飛艇，我卻習慣叫它飛船（Airship）。

我必須承認，在參觀貝勒先生的辦公室前，我僅在宮崎駿的《天空之城》裡見過這種速度過於緩慢，早已被人類淘汰的古早飛行器。我抬頭看著這夢幻似的灰白色飛船，它那巨大得把陽光都通通擋住的氣囊；那置於末端，緩緩轉動著的巨型螺旋槳；那停靠在碼頭位置，被四條鋼纜狠狠拉扯住的駕駛吊艙。飛船的巨大早已超出天臺範圍，猶如一隻被電線杆纏住的氫氣球，在空氣裡無助地浮沉著。何等不真實的畫面。

「很漂亮是吧，L-33 是她的名字。」貝勒先生抬頭看飛船，自豪地笑：「它比你和我都還要老，聽說戰爭時負責海岸巡邏，反潛用的。大概十年前，石油公司從軍隊那邊以低價買回來，還花了不少時間去修復呢。」

我的脖子早已仰至痠痛，仍不捨把頭放下，目光繼續停留於銀白氣囊的弧形表面。我幻想著它飄浮在蔚藍色海平面上，擲下一枚一枚的黑色魚雷，跟隱沒在海浪下的潛艇隔空周旋，那畫面實在令人難以信服。畢竟，L-33本身就像一隻游離在空氣裡的潛水艇，以雲端作水面，以城市作海床。

「這是石油公司的船？」我吞下口水，嘗試弄清自己到底在看著些什麼。

「這隻飛船、我的辦公室、整棟大廈、以至我本人，全都曾經屬於石油公司。」貝勒先生點頭，像在懷緬某段風光往事：「這城市裡誰不是？被該死的沙漠圍住，要不是在地面下挖到油，這種鳥不下蛋的地方，樓都不會蓋高過兩層，更別說什麼摩天大樓了。這大廈的七十樓以上，它們本想用作旅遊觀光，買個飛船載著遊客去繞兩圈，去看看油田，看看沙漠什麼的。樓下辦公室，本就是飛船的候機室。當然，它們把一切都搞砸了，算錯了地下有多少油。油吸乾了，歌也沒得唱了。」

飛往外太空探索的太空人，在陌生星球上發現外星文明的遺址，而遺址的主人，卻早已離開了這星球，繼續遊牧往下一個星系。站在摩天大廈的天臺，抬頭看著L-33，我彷彿就是那個站在外星人遺址上，抬頭看著太空星宿的宇航員。

四

駕駛室裡，貝勒先生把拉扯住飛船的四條鋼纜收回。失去了支撐，船身即隨風搖晃起來，忽高忽低，恍若真正浮泛在海浪上的船舶。貝勒先生拉動馬力操縱杆，我聽到船身後方越來越大的「嗡嗡」一鳴響，螺旋槳徐徐發動，L-33 駛離碼頭。

腳底下的大廈天臺逐漸飄遠，感覺奇妙。

小時候外遊，那是恐怖主義還沒恫嚇到民航飛機師的年代，我曾被邀進波音七三七的機頭駕駛艙，看過擋風玻璃外的風雷閃電，大概明白以時速八百里駒馳在雲端的感覺。可駕駛飛船完全是兩碼子的事，它沒有噴射客機的速度和高度，沒有過於激烈的急墜轉向，換來是休靜平和的安穩，透過改變艇體內的氣體量、或是拋棄壓艙物來控制升降。飛行途中，你甚至可以拉開駕駛室趟窗，伸手感受窗外空氣的涼意，細聽螺旋槳絞剁雲朵的聲音。

飛船越升越高，眼前景象宛如魚眼鏡頭般漸漸沉降下去，我整個人都被震懾了，旅途的首二十分鐘完全說不出話來，只道默默看著貝勒先生駕駛飛船。直至我們抵達六千呎高度，貝勒先生關掉螺旋槳，L-33停止上升。

「我們到了？」螺旋槳聲完全歇止，四周只剩風聲，我向貝勒先生問道：「就是這裡，六千呎？」我走近窗邊，看到腳下的城鎮街道如火車模型般細小：「每次也要飛至同樣高度嗎？」

「沒錯，六千呎的天空，就是你以後的上班地方。」

說罷，貝勒先生轉身往吊艙後方走去，我跟上。吊艙比我想像中還要大，除了剛剛才從入口走進來的駕駛室，後方還有一個鋪著藍色格仔碌架床[03]的寢室、廚房、洗手間，陳設都是清一色的簡約海軍風，像是L-33的設計者，根本想要故意把這飛船弄得好像一隻真正的海洋小艦艇。

我們來到飛船末端的工作間，倘開鐵門，裡面是幾臺古老的機器，無論顏色、設計或是體積，都讓我想起八十年代的二線好萊塢科幻片。貝勒先生走至其中一臺機器前，動手絞動一個巨大得誇張的鋁色鐵環。順時針轉動發出「嚓嚓」摩擦響，機器漸漸低鳴，上面的小燈泡也走馬燈地閃爍起來。貝勒先生把這堆機器激活了起來。

「這機房是怎麼一回事？」我忍不住問。

「就在L-33的艦底，我們裝置了一個四千加侖的化學染缸，裡面分別裝著乾冰、碘化銀和純水的混合物，當然，也有製造暖雲時需要用到的鹽水。」貝勒先生拍拍手上灰燼，依舊平靜，卻又帶點傲氣：「這幾臺機器，就是為了把艦底染缸加熱。只要溫度跟外頭的冷空氣相距越大，便越容易去凝固水點。」

「不好意思，貝勒先生你的意思是……」

「雲的管理員，從今天起，這就是你的職責。」貝勒先生看著我，摸了下禿頭，露出一個跟他年紀不符的年輕笑容：「我們正在造雲啊。」

五

六零年代起，美國太空總署開始研究人造雲的具體方案，在大氣層上端製造夜光雲，以作太陽黑子風暴的掩護牆；俄國科學家曾鑽研五十年，嘗試能否在西伯利亞上空製造人造雲層，歇止每每成災的山林巨火；直至近年，某些中東國家也開始提出人造雲計劃，盼為地面上的足球比賽去蔽擋日光。這些都是人類試圖造雲的例子，卻全都失敗而回。

「他們所造的雲，不是過於稀薄，就是壽命太短，二十分鐘便撐不住了。」

看著 L-33 船末滾滾湧出的迷濛白霧，貝勒先生如是說：「他們把重點放錯了，注入過多的化學製品，造出來的雲當然不夠健康。造雲就像有機耕種，天然是首要條件：乾冰、碘化銀、純水，無須多餘的雜七雜八，懂得嗅空氣濕度，曉得看風望太陽，會作點小學程度的加減混算，這便足夠了。」

貝勒先生走進廚房，打開烤爐，在木桌表面灑上麵粉，開始搓揉麵團：「你要吃嗎？鹹牛肉批。造雲時我都幹這來殺時間。」我點頭說好，那是我頭一遍在海拔六千呎上品嘗鹹牛肉批的味道。沒多久後，這也變成了我造雲時的消耗活動。

十五分鐘後，L-33 被厚厚雲層完全裹住，不論從廚房或是駕駛室的窗戶往外看，只見茫茫一片白。即使穿著毛衣，我仍清楚感受到溫度急降，空氣中濕淋淋的水分子，就像春霧裡的森林。設身夢境般的迷離空間，唯一能叫我確認尚在人間的，就只有鼻子嗅得的麵粉味。

「貝勒先生，你當雲的管理員有多久了？」烤爐傳來餅香，我忍不住問。

背著我的貝勒先生並沒回答問題，只道安靜看雲，聽著鹹牛肉批逐漸成形，餅皮被烤捲的嗞嗞響。在白雲反光的強烈對比下，我忽然覺得貝勒先生的背影很像一隻年老的企鵝，站在南極冰層的海岸上，唏噓著過去跳脫捉魚的美好日子。

貝勒先生的沉默，叫我更加執迷不解，腦海中忽然浮現出許多幻想，嘗試填滿他那謎一般的過去。他到底當雲的管理員有多久了？石油公司為何要委派他做這種工作？有用嗎？為何要在沙漠上造雲？就單純是為了這城市的溫度氣候，想增加降雨嗎？空想影像閃爍而過，我甚至神經病去開始創作貝勒先生的人生，塑造出某個穿紅色晚裝的金髮女郎，以及一柄只剩兩發子彈的左輪。就像尚盧．高達所說，你只須要女人和手槍就能寫出一個討好的電影故事……

「叮！」烤爐傳來清脆聲響，終於烤起的鹹牛肉批把我自幻想中扯回現實。回頭，不知從什麼起，包圍著L-33的白色濃霧已經散去，取而代之是蔚藍天空上，一朵一朵綿花糖般的雲霞。

六

那年冬天，我大部分時間也都在六千呎上渡過。

就像一個剛學會開車的P牌[04]駕駛者，我花了大概兩個月時間來熟練L-33：學習如何發動螺旋推進系統、如何平衡定風翼、如何搜集最天然的乾冰來造雲、如何做最好吃的鹹牛肉批去殺時間。而貝勒先生也活像那種教車師傅，總在旁邊指手劃腳，生怕出錯。他或許不能像教車師傅般使勁踩剎車，L-33的拱帳氣囊卻使我即使撞到摩天大樓亦只能反彈回去，釀不成啥意外。

作為雲的管理員，我們就是天空上的園丁，種出來的雲朵固然重要。在這方面貝勒先生絕不馬虎，總會從雲朵的形狀大小、色澤光暗、水分濕潤度等方面去評核我，確保我能夠根據一八零三年何華特爵士所創立的「雲的分類法」，隨心所欲地製造出卷雲、高層雲、層積雲、雨層雲、積雨雲等不同種類的綿花糖。更多時候，駕駛室會收到氣象局發來的無線電，盼 L-33 能夠順應地上居民的訴求：旱燥時，我或要在某塊農田上降雨；有位老太太生病時，我要在她家上方造雲蔽日；有人準備燒烤會，或是舉行足球比賽時，我則要為他們後園驅走雨雲……

隨著我的飛行里數越來越多，我烤的鹹牛肉批越來越好吃，貝勒先生出現的次數也漸漸降低。現在，我只會在碇泊塔下的辦公室裡碰見他，依舊聽著那悠然的哈瓦那音樂。

我是那種不能安靜下來的人，總是怕無聊，工作初期我曾一度擔心自己終究受不了雲層上的孤獨，某天會從六千呎上一躍而下也說不定。幸好不久我即發現了雲擁有脾性的祕密，閒時總算可跟這群不具記憶力的朋友聊心事。牠們把我視為麻鷹以外的稀客，好奇之餘亦帶半點怯場。可直到現在，我也不懂如何跟雲朵坦白，牠們其實是我一手製造出來的真相。

明天又是十月的最後一個星期五，我來這城市已整整一年。回去檢查自己錢包，發覺老早已經儲夠一臺二手本田所需的錢。前方道路彷彿再度打開，這次我卻選擇留下來，更從汽車旅館裡遷出，搬到比較靠近市中心的一棟舊房子去住。那裡四周空曠，抬頭更容易看雲。我已經好久沒有再握汽車的方向盤，現在都是只握L-33的。

我想世界會是如斯運作，每人總是遊走在地方與地方之間從來沒有過分明確的目的地，唯盼某日某個地方的磁場能跟你分享相同的頻率，難以名狀的原因能叫你停住腳步，代表著，四處飄零的蹓躂日子終於結束。

然後，取而代之的會是，看雲的日子。

---

01 鹹牛肉批：意指鹹牛肉派。

02 引自顧城詩作〈遠和近〉。

03 碌架床：意指雙層床。

04 P牌：意指暫准駕駛執照，是香港運輸署對缺乏經驗的車輛駕駛者發出的一種特別的駕駛執照。

第三章

電影院裡嚴禁咳嗽

13 神探只在抽煙時思考

噠動打火機，點燃香煙，尼古丁化成了白霧，在空氣中漫舞。

開始辦案。

話說，他是在八歲那年發現到自己的天賦。那年暑假，他隨母親回鄉探親，抽了人生的第一根煙。還記得他是在路邊拾到一根「中南海」，趁著母親和阿姨出去了，偷偷摸摸地躲在閣樓上抽。第一口當然給嗆到，咳嗽了片刻，他發現爺爺正站在門口，炯炯看著他。

他怕了，以為爺爺要斥罵，豈料爺爺只是語重心長提醒他要孝順父母，長大後要出人頭地，賺多點錢，然後就轉身往屋外光線走，隻字不提他手上拿著的煙。他回過神，發現煙已經燒盡，連忙扔在地上踩熄。母親和阿姨那晚回來，發現爺爺倒在屋後的柴房裡，醫生斷定是心臟病發，屍體都變涼，死了已經大半天。

他想，自己那天看見的要不是幻覺，要不，就是爺爺臨走時的鬼魂。

吸煙會見鬼，政府要是知道了，大概會在煙包上印出這麼一句忠告。在反叛的中學時期，他理著郭富城的中分頭，在學校後門一手拖著女朋友，另一手囂張地點煙。吞雲吐霧間，他總會看見街上多了幾個人影，有些沒有頭顱，有些長髮及地，有些混身汙血，有些穿著清裝。抽完，踩熄，這些老朋友又會煙消雲散，像不曾存在過。畢業那年，電視開始播《大時代》，他見羅樂林在教訓劉青雲，做人最重要是找到屬於自己的世界，他才開始想，自己的世界到底是什麼？手上的煙一根接一接，牙齒變得越來越黃，孤魂野鬼也見得越多。他發現吞雲吐霧就是自己的天賦，是上天派他來世界的目的。於是，他去了考警察。

第一天上班，煙雨迷濛，所屬的環頭[01]就發生大事。一條位置偏僻的行人隧道發生槍戰，兩個警察探員在執行跟蹤任務的時候被目標人物發現，雙方在狹道裡互轟數十槍，隧道壁都印出了不少子彈孔。警察趕到發現沒有生還者，證實所有疑犯已經死在現場，準備收隊返歸的時候。他，作為只是跟著師兄在附近街道巡邏的PC仔[02]，尼古丁癮發作，躲在隧道口抽了一根煙。

一根煙的時間，他把來龍去脈都摸清了。探員的鬼魂現身，胸口上的子彈孔還流著血，向他剖白，真凶原來另有其人，事前已經躲在隧道裡埋伏，現場只是一個精密的布局。鬼魂告訴他，九個街口外一家便利店的閉路電視拍下了真凶逃走的畫面，證據就在旁邊一個垃圾桶裡，兇手扔下了一個喬裝用的假髮，上面還沾滿了射擊殘留物，帶進實驗室裡做個硝煙反應就知道。他半信半疑，把煙搓熄後回去深思了兩晚，第三晚的半夜乍醒了，起來劈劈啪啪地把報告打了出來，呈交上去。這份菜鳥報告卻讓警局上下哄動，搜證人員果然找到了那個假髮，也憑便利店的閉路電視畫面抓了人。他旋即成為了警界的明日之星，上級調他去重案組[03]。那年，他才二十四歲。

他卻始終有點不踏實，大概是因為當天，探員的鬼魂在煙消雲散之前，一直盯著他手上的煙，釋然地道：「你終於來了。」

我終於來了？那到底是什麼意思？他猜想，鬼魂世界似乎一直期待著像他這樣的人出現，成為兩個世界的橋樑，讓含冤逝去的死者能夠討回公義。他決定好好幹下去，甘願以患上肺癌作賭注，來為這個城市的無頭懸案作解答。

二十四歲，抽「駱駝」的他破了毛公仔藏屍案，讓他登上了整整一星期的報紙頭版。

二十八歲，抽「萬寶路」的他破了和勝聯老大被五馬分屍案，找回了龍頭棍，還換得了黑白兩道對他一輩子的尊重。

三十三歲，抽「雲絲頓」的他到了臺灣協助調查一宗立委在廁格裡被弓箭射穿頭的密室殺人事件，時任總統還跟他握手合照，照片一直掛在總統府內。

四十一歲，抽「登喜路」的他已經是國際刑警的客席顧問，全球出勤，解答七大洋五大洲的離奇凶案，《時代雜誌》想找他拍攝下一期的風雲人物封面，「國家地理頻道」也想找他拍一輯犯罪實錄。

一日和尚敲一日鐘，一夜偵探抽一夜煙。從來沒人質疑過他的破案方法，對外界而然，他的推理過程接近神跡。來到犯罪現場，有火，有煙，看著屍體吞雲吐霧個三分鐘，他就能開始演繹。更多時候，為免旁人感到過分神奇，他會刻意調慢節奏，即使在點煙一刻，鬼魂其實已經向他道出了全盤真相，抽完煙的他還是會裝作沒想到，回去休息個兩三天，或是再來犯罪現場晃來晃去，裝個嚴謹搜證的樣子，才裝作恍然大悟，破案成功。

他也曾懷疑過自己的能力，幻想世上會否有著跟他一樣的人，只是他們並沒有用之作破案？或是，他們都是無煙者，一輩子沒嘗過尼古丁的味道，也就一輩子都沒有發現自己的天賦？到頭來，這一切會不會都是假的？他會不會只是個天生有敏銳觀察力的人，本能地進行命中率極高的跳躍聯想，認出誰是凶手，他所認為是鬼魂的東西，會不會其實只是他的潛意識，是他大腦用作解釋這一切的自我保護機制？他不知道，他一輩子都不會知道。與這相比，他更願意相信鬼魂，因為那代表人死不如燈滅，家屬對死者的思念，鬼魂真能夠知道。

所有東西都有配額。五十七歲的冬天，他開始咳嗽，蹲在馬桶前吐出血絲。他被送進醫院，醫生皺眉看著他花花白白的肺部X光片，說這樣下去，他活不過三年，等不到領退休金就要與世長辭了。離開之前，醫生送他一個柑橘，提醒他及早戒煙吧，反正最近有一份科學研究說尼古丁對思考沒有幫助。他苦笑了一下，沒說什麼。

他知道，死神在叩門，他必須爭取時間，多抽一根煙。

他讓國際刑警把全球歷年懸案的文件都寄到家裡來，又拜託煙廠把最高純度的煙都送給他。從此他就足不出戶，蹲在家裡瘋狂抽煙，一根接一根。家裡煙霧彌漫，魑魅魍魎宛如委託人般來訪不斷，每當得悉了一宗案件的真相，他就會立即用電郵通知外面去抓人。有時候，他所破的甚至是幾百年前的歷史懸案，某個歐洲的堡主被那個僕人篡弒，他都能夠寫出一份身歷其境般的調查報告。外界已經好久沒有見過他，全球各地的犯罪學教授也徹底猜不透，這名安樂椅神探到底是用什麼方法去破案。沒人知道他的指甲已經完全燻黃，肺部徹底染黑，他家裡的馬桶邊長期都是咳出來的紅血。

於他來說，抽煙不再是破案手段，而是一種宗教。

終於，案頭上的懸案都被他全部解開了，他迎來探案生涯的最後一具屍體。那天清晨，天邊還泛著魚肚白，他就來到了死者現場，蹲下來，帶點憐憫地觀察著這具屍體。他從口袋裡摸出最後一根，香草味的黑色捲煙，點火，深深吸吮了一口。奇怪是，探案多年的頭一次，他在白霧中看不見鬼魂，也聽不到真相的聲音。

缺乏了外力的他，是個連警察學堂的初階推理技巧也不懂的平凡人，什麼都不是。

三天後，前來打掃的傭人終於發現了這具屍體，報了警。他看著幾個下屬在馬桶前的屍體旁踱來踱去，下屬卻看不見他，直至仵工[04]前來把屍體封袋，搬上黑箱車，還是沒人看見到他——他面朝鏡子裡，也看不見自己。

他苦笑，把煙搓熄，投降了。這案他破不了。

他的喪禮是在兩個星期後。那個下午煙雨迷濛，讓他想起了第一次破案的那天，蘇格蘭風笛在警察浩園[05]悠然響起，幾十個身穿制服的舊部下整齊列隊，警務署長在致詞默哀，各國領袖也發來慰問，說世界失去了一位神探。而他，只一直站在石碑旁邊，冒著雨，深呼吸。他已經忘記了香煙的氣味，只覺得今天的空氣特別清新。

離開時，他看見部隊中，一個二十來歲，初出茅廬的小女警，居然躲在樹蔭下抽煙。沒有人在意她，她卻看見了他，帶點羞怯地點頭。

他盯著她手上的煙，釋然地笑：「妳終於來了。」

---

01 環頭：香港警察把香港劃分為六個總區，分別是港島總區、東九龍總區、西九龍總區、新界北總區、新界南總區及水警總區，總區下再設警區，俗稱「環頭」。

02 PC仔：意指警員，是香港警察職級中最低級員佐級職級。

03 重案組：意指香港警察架構中專門負責處理謀殺、打鬥等重大刑事案件的部門。

04 仵工：意指清潔和搬運遺體的工人。

05 浩園：意指香港新界的一幅政府墓地，專門安葬殉職香港公務員。

14 窗外的散步者

一

站在三十二樓天臺邊緣，死亡距離你只差三分之一步，你不會感到昏眩。你會把腳底一切都看仔細，彷彿用了景深的電影鏡頭，從那一條街轉進來那一輛的士[01]的那一面車牌，你都會看得非常清楚。

阿龍站在這個位置足足有十五分鐘。

十五分鐘，街道上才有路人留意頭頂站著個奇怪的男人。這比阿龍預計的來得慢，香港果然沒人有看天空的習慣。

「很悲哀呢。」他心想。

「那男人想跳樓！快報警！」

腳下人群開始聚集，即使站在三十二樓上也聽得很清楚。阿龍看到兩個軍裝警察[02]從幾條街外奔過來疏散人群。這當然不成功的，香港人喜歡看戲，就連馬路上的車子都紛紛慢駛。

「電臺，PC18776，現場是長沙灣道旭蘭大廈，有一男子站天臺邊緣企跳[03]！」

叫支援了，消防隊的氣墊和談判專家或會很快殺到，阿龍知道他要抓緊時間。

可是他可以做的其實很被動。他只能從懷中探出一個小型望遠鏡。望遠鏡是阿龍在彌敦道那些騙老外的相機店買的，老闆說最適合觀鳥。阿龍想，觀人也應該不錯。

透過望遠鏡的兩個圓孔，阿龍看見距離馬路對面的住宅大廈，十有七八的窗戶都打開了，裡面的人伸出頭來看著阿龍，惡毒地幸災樂禍：「你跳不跳啊！快點啦！」

唯獨是二十四樓的一個單位，它的窗戶始終緊閉，百葉簾垂下。

阿龍清楚知道單位裡是有人的，他要等的人，此刻就在那單位裡。

終於，二十四樓那個單位的百葉簾拉開了，一個三十來歲的短髮女人探出窗，聽得街下吵鬧人聲才看著對面馬路的大廈天臺。她看到站在天臺邊緣的阿龍時，整張臉愣住了。

就這樣，隔著一條馬路，阿龍與她對望。

阿龍放下望遠鏡，對她揮一揮手。

這時候，身後傳來腳步聲，是趕至的警察：「先生！你冷靜⋯⋯」

阿龍沒在意，他只微笑，看著對面樓的她。

二

阿龍全名楊志龍，八四年生，家中排第三。二姊跟阿龍差了整整十年，從小到大，阿龍總有種說不出的局外感，知道自己存在是個偶然。也許是這個原因，阿龍不多話，遇著什麼都是逆來順受地撐過去。

阿龍從來不是讀書的料，會考一敗塗地後便沒再浪費時間，找了一份餐廳侍應的工作，一年後又聽說建造業缺人手，跑去報讀建造業議會的棚架課程。

他記得課堂上導師開場已說竹棚的歷史很久，早在五千年前有巢氏已用竹來建樹屋，所以他們學搭棚，其實也是文化的傳承。阿龍卻沒想那麼多，他來這只是為了那份不錯的日薪。事實確如此，阿龍完成課程後，學院的就業輔導組即轉介他到一家蚊型[04]工程公司，阿龍幹了大半年，又轉去了另一家比較大型的工程，為一整座住宅搭棚。入職一年，阿龍已升中工，日薪九百，那是幾年前的事了。即使放現在，也比很多完成了大學課程的尖子[05]同學都優越。

阿龍有時候會覺得，世界很荒謬，幸好自己讀不成書。

更荒謬是，就在達到九百塊日薪的同年，阿龍認識了強哥。

阿龍不知道強哥到底幾歲，因為看上去，強哥似乎與阿龍相差無幾，可聽到別人都叫他強哥，阿龍也跟著叫。在距離地面幾十米的高空上，強哥教導阿龍好多事情。例如某些竹棚較簡單的紮法，也會派更多不同類型的活給他。有一趟，阿龍跟強哥去了搭觀音誕的大戲棚。

更重要是，強哥使他明白了一件事。

「香港太多高樓，大半片天空都給擋著。久而久之，所有人都習慣了，走在街上，從不看天。」強哥抽著半根煙。

「這代表什麼？」阿龍若有所思：「香港人缺乏遠景嗎？」

「我哪知道，我只知道我們可以幹麼。」強哥賊笑，把煙頭丟掉：「就是幹麼都可以。」

強哥從工程腰帶下探出一小盒工具箱，熟練地把身邊十六樓單位的窗花拆下，探身進內。

那是阿龍第一次高空爆竊。

三

乍看有點大而無當，但強哥教導，高空爆竊要在白天。

「夜晚哪看到路？還沒爬進去已經摔死了！」且要在陽光燦爛的日子，因為下雨竹枝濕滑，視線不清也難以拆下單位窗花。「你要記住，爆竊不是隨性行動，每個步驟也是精準的計算。」

一個星期尋找目標單位，兩個星期觀察住客的上班時間表，三天時間把單位的窗花逐步拆下，拆下也別當即爬進去，再緩衝兩天，才挑選在下一個星期一爬進去。

阿龍不解：「為何要星期一？」

強哥：「所有打工仔的星期一都是災難，沒人會留意到家裡異樣。」

確實行動期有三天，星期一到三。在這七十二小時裡，他會逐步把要偷的東西運出去，每天取一點。這跟阿龍想像的很不同，他總以為爆竊要速戰速決。

「單位被爆，外面的搭棚者畢竟是首當其衝被懷疑的。這只可以避免。最高的爆竊，是爆完人家還不知道缺了東西。」所以，行動結束後，強哥又會花三天將窗花鑲回去：「凡事總要小心，小心和小心。」

阿龍終究證明強哥是對的，跟著他那兩年裡，他們每換一個屋苑的每一單位，就沒有一遍是給人抓到發現什麼的。阿龍心想父母為自己起錯名字了，他應該叫阿虎，壁虎的虎，爬牆簡直是他的天賦。

直至強哥跟判頭[06]吵而轉去另一家小公司，阿龍就再沒見過他，也沒有跟著他爆竊了。從那天起，阿龍單獨行動。

他依從強哥傳授下來的竅門，凡事小心。很多時候，阿龍會用整個月時間去挑選一個目標單位。阿龍溜進去這些屬於別人的房子，他並沒有取任何的東西，而只是安靜地坐在他們的梳化上，看他們的藍光影碟，睡他們的床，在他們的馬桶上大便。阿龍很喜歡這種窺探別人生活的感覺，就像為他乏味的生活添上了一點色彩。

也就在這段日子裡，阿龍摸進了二十四樓，那個短髮女人的家。

四

阿龍花了兩個禮拜去觀察那單位，知道一個女子居住在這。二十七八，最多不過三十，黑短髮，身材苗條。

阿龍猜她是一個會計，或是律師，或是隨便一種的專業人士。因為她的工時很長，經常不在家，每次回來也要帶著一大疊文件加班。她從不會煮東西，每次回家也只是買外帶，有時為了減肥，她晚上可以只吃水果。她家很整潔，所有家具都像強迫症般一塵不染，沒有一件多餘的物件，就像一個示範單位。

他好想知道，像她這麼一個樣子娟好的年輕女子，她的生活為何會這麼寂寞。

於是他犯了強哥教下的第一教條，太陽下山了，還待在竹棚上。

香港的夜景，密不透風的大廈單位，就像一個一個會發亮的金魚缸。唯獨她的金魚缸特別好看，特別漂亮。

有時候，阿龍會買來一個飯盒，當她回家吃外賣，阿龍也會在窗外陪著她吃。有時候，阿龍會陪著她看電影，如果是恐怖片，他會安慰她說別怕，儘管風聲讓她不會聽見。當她講電話的時候，阿龍也會在窗外輕聲地自言自語，想像跟她聊的正是自己。他猜她有情人，二人經常吵架，她經常哭。她的哭聲很慘，阿龍聽到會傷心大半天。

有時候，洗澡後的她只會包著毛巾，或是直接一絲不掛地裸睡。阿龍不會偷看，他自覺是一個君子，會刻意地別過頭，或是提早爬下竹棚離去。儘管，他也有懷疑過，該不該進去為她蓋上被子，免得著涼。他守衛著她，就像窗外一隻夜鷲。

一次，阿龍終於潛入了她家，踏進這個平時只會在玻璃另一面窺視的空間。阿龍躺她的沙發，睡她的床，看她空無一物的冰箱，摸她使用過的牙刷。阿龍留意到沿缸的去水孔倒塞了不少頭髮，他突然有一種衝動，想要跑到樓下的便利店去為她買一枝護髮素。可是他沒有，而只偷偷地把頭髮清理好。

單位的大門突然打開了，阿龍正躺在沙發上睡覺。

他赫然醒來，慌張躲進一個衣櫃裡。心跳飆升，他不曾遇過這樣的情況。

從那半掩的隙間，他看見那女子和一個阿龍從沒見過的男人回來了。二人在爭執，從他們的對話，阿龍終於知道了真相。

女的是那男的情婦，男的有妻子，單位是他特意租下偷情用的。女的深愛著他，男的一直在抱怨說老婆發現了，他倆再沒戲了。

轉眼間，阿龍看見那男的把女的推倒床上，發狂用力抓著那女的脖子。她快要窒息了。

危急關頭，阿龍從衣櫃撲出，隨手拿起一個煙灰缸便砸向那男的。

男的倒地，床上滿是血。

「你是誰？」女的驚呼：「你殺了他……你是誰？」

阿龍不知所措，只倉促爬出窗。

竹棚上，他忍不住回頭問：「妳叫什麼名字？」

女子呆了，像沒有聽見，只反覆在問：「……你是誰？」她怕得整個人在發抖。

阿龍傷心地爬下竹棚，那天陽光正盛，竹子有點燙手。

他以為警察很快會找上他，躲在家裡足足兩個星期了，卻依然沒有沒動靜。他知道那女的沒有報警，也沒有聽說過這命案的新聞。至於那男的屍體，不知道她怎麼處理了。

阿龍想起當自己攀出單位的時候，她的眼睛裡除了驚慌，還有怨恨。

就像自己殺了她最心愛的人。

時間回到了現在，站在天臺邊緣的阿龍，看著對面馬路二十四樓單位裡的她。

「香港沒人看天，香港沒人看天……」阿龍呢喃。

下一秒，他躍身出去。

街上，都是抬頭看天的人。

---

01 的士：意指計程車。
02 軍裝警察：意指穿著制服的警察。
03 企跳：企圖跳樓。
04 蚊型：意指規模極小。
05 尖子：意指出類拔萃的學生。
06 判頭：意指承包建築地盤或裝修工程的人，技工們的領班。

15

麥景陶碉堡上的廣播

「那是個火紅的年代，一切盡皆瘋狂，也帶點神祕主義。這只是件小事，六十年來，卻一直於我心間揮之不去。走之前，也許最好是把它寫下來。」

一九四九年十月一日，中華人民共和國成立，當時還屬英國管治的香港殖民政府因擔心受威脅，決定在邊境禁區多座山嶺上建立混凝土碉堡，用以監視中國人民解放軍及深圳河對岸的形勢。

這些碉堡都是兩層高的建築物，頂層八邊形設計，臨視深圳河以北局勢。碉堡外有鐵絲網包圍，部分更設發電機房、水塔、廁所、廚房、機槍堡等作防衛用途。從新界東北伯公坳到西北擔竿洲，當時的警務處長麥景陶共下令興建了七座——因為這樣，這堆奇怪的建築物，都被俗稱為「麥景陶碉堡」。

真的，我沒騙你。活在二零一四年的你或會覺得防空洞和碉堡是非常遙遠的事，跟你追韓劇的陳腐生活完全無關。可是，若你今天願意出門到新界北部逛逛，你會發現這些碉堡依然建在。縱然崩塌破落，雜草叢生，古物辦事處還是把它們列為二級歷史建築。

我知道，因我曾駐守於其中一棟。

那是一九五三年。那年，強颱風蘇姍襲港；香港盛大慶祝英女皇伊利莎伯二世登基；石硤尾發生歷來最多人受災的木屋大火。那一個風雨飄搖的夏天，年僅二十二歲的我終於考上了香港皇家警察，誤以為接下來的日子能夠帶著家人脫貧，穿起制服，在探長分下來的黑錢中抽油。我卻沒有想到入職還不到兩星期，已被調至沙頭角礦山（今天的蓮麻坑）上的碉堡駐守。

當日的畫面就如八釐米影帶於我腦間轉播。我還清楚記得，當我坐在英產吉普車後座，在泥濘路上顛簸，我沒有說話，茫然遙看礦山上的麥景陶碉堡，無法想像接下來的日子。

「喲，你就睡這。」

歡迎我是身材魁梧，頭髮理著平頂裝的富哥，當帶我繞過碉堡一圈，他笑指窗戶旁邊的尼龍床：「風涼水冷，好地方。」據富哥自己說，他以前是個華人英軍，因手腕受傷而被迫退役。

碉堡中還有帶透明粗框眼鏡的東叔，若放在二十一世紀港產片標準，他絕對會是由許紹雄飾演，年老乾等退休的廢人警察。除我們仨，碉堡周圍就只有頭上毒陽，四周野草和蓮麻坑中的蝙蝠。

「放心，也沒多少事要幹，很輕鬆。」東叔笑容猥瑣。

確實是。美其名說觀察深圳河對岸，防範共產解放軍如今日的北韓般突然發瘋。實際上，我們只能做的是抓偷渡者。他們有是罪犯，更有是國民黨餘孽，完全用不著碉堡二樓的機關槍。時不時，我們都要出去巡邏，拿著電筒木棍在山谷游走，看有沒有倒楣的脫北者。更多個晝夜，我卻只能坐在窗前，繞起雙腿，一邊抽煙，一邊看著北邊大陸發呆——那時候深圳還不是深圳，沒摩天大廈，更沒足浴按摩和盜版光碟，有的只是散落近遠的農居和荒地，晚上看過去，你只能目睹無盡的黑暗。

然而，轉變發生在七月某個狂風暴雨的晚上。

「颼——颼——」

那個夜裡，雨直著下，橫著下。

建在山頂當風處的麥景陶碉堡彷彿被十號颶風直面吹襲，屋頂上的雨聲似連發炮擊，風聲宛如鬼哭。即使把所有鐵門關好，冷空氣仍無孔不入滲透進來。極地環境，我們仨當然沒跑出去逞英雄，待在室內聽收音機。

「嗞嗞……沙沙……」不知是否風勢影響，無論東叔如何扭動原子粒收音機上的轉輪，我們還是收不到任何信號。「媽的，雨太大！」東叔燃點一根香煙。

「轟隆！」

突然，天邊閃爍，頭頂一記雷聲，震撼了整個雕堡。我抬頭望著混凝土天花，心想閃電該是中了碉堡二樓的避雷針。畢竟我們都是成年人，絕對不會被這種天文現象嚇倒。可剛才那記落雷，確實大得不尋常。

匪夷所思是，久沒信號的原子粒收音機，突然在這時候發聲。

「第七單位注意！第七單位注意！」

那是一把操普通話的女聲，字正腔圓得似中央人民廣播電臺的報導員：「這裡是『新秩序廣播電臺』，現在進行調控發報：59、36、38、67、48、67、1、11、25、67、88、89、21……」神祕女聲沒頭沒腦地說起一組數字。

我們仨互望一下，面面相覷。

「這是什麼頻道？」富哥皺眉。

「二萬六千一百千赫。」東叔看著原子粒收音機，搔頭：「奇怪，從來沒有電臺如此高頻啊？」我們都作不出反應，繼續聽著那女聲不斷唸讀詭異數字。

「85、10、57、70、68、8、42、26、86、4、43……」

配合外面風聲，及吊在頭頂搖晃的電燈炮，我忽有種毛骨悚然的感覺。「她在說什麼？」我固作鎮定，問收音機前的東叔：「『新秩序廣播電臺』是什麼？」

「沒聽過。」東叔吸一口煙：「是共產黨間諜電臺吧。」「不像。」身後富哥卻反駁：「共產黨哪要在自己國家放間諜電臺？是國民黨的廣播，通知埋伏大陸裡的線人。」我點頭，同意富哥的說法，可一想又問：「可是，我們為何能夠接收到？」二人沉默，皆解答不了我的問題。我忽然有種奇怪的想法，猜該不會是剛才那記落雷引起。富哥吩咐我把數字抄下，留個紀錄作準備。可到底為什麼而準備，富哥也說不上。

那個夜晚，我坐玻璃窗前的木桌旁，一邊抽煙，一邊聽著神祕廣播，用筆抄下那堆毫無邏輯的數字。雨停前，我已經填了大半本記事簿，超過一萬組數字。直至天亮，東邊照來魚肚白，那把神祕女聲才突然中斷，被一首簡陋的電子音樂取代。從今天角度去看，那聲音就像雪糕車音樂盒發出的聲音，又像中秋節小孩玩電子燈籠，那按亮燈泡時會發出的歪蜷怪音，聽上去奇怪又心寒。沒多久，音樂也一併消失了，音頻變回了無生氣的雪花。

我看著原子粒收音機，把手上香煙吮盡，百思不解。

翌日早上，雨已經停了，四處鳥啼。當富哥和東叔都去睡覺時，我還坐在桌子前苦幹。我不算是個讀過書的人，天臺小學只念到小五。可當差之前，我曾花兩個月時間到工聯會去學習些電子技能，其中有部分是基本的矩陣運算。加減乘除，畫圖表，嘗試找出那堆數字的箇中規律，卻徒勞無功。無論怎樣苦算，這堆毫無意義的數字，終究是毫無意義。

「沒用的。」

突然，富哥的聲音在身後響起，嚇我一跳。

「你沒有他們的解碼表，哪裡都去不了。」

我點頭，了解富哥的意思。富哥找來一個牛皮信封，放進記事簿，以幾層膠帶封好，吩咐我下次下山的時候，把它交給禁區閘口處的英軍。事後我也確實這樣做了，在翻譯溝通下，那名金髮碧眼的老外上校只是木無表情點一下頭，嘆一句：「Good job。」我聽不懂，翻譯說這是稱讚我的意思。

碉堡裡沒為這事而產生任何影響。那夜之後，我們仨還是照樣地白混日子，瞪著深圳河發呆。事實上，神祕廣播也不只出現一遍，大概過了兩個月後，又是一個狂風暴雨的晚上。

閃電雷擊過後，原子粒收音機再次接收到那把女聲，依舊唸讀著另一串詭異數字。一如以往，每遍神祕電臺出現，我也會把那一萬多個數字抄了下來，翌日轉交英軍。

我常會幻想，這些飄逸在大氣電波裡的神祕數字，經過我手，到底會引領到何種的連鎖效果呢？會是某個國內二線城市的一個特務被發現處決？還是東南亞某黑市軍火船期有異？抑或已經引至到，太平洋另一端的核爆試驗，結果裡的數據算式出現重大變化？我不知道。

沒多久，我辭去警察職務跑去行船了。在遠洋的輪船上，我曾跟幾個電報員閒聊起這事。他們都說，這種「數字電臺」其實很常見，特別在冷戰時期。久不久，遠洋水手們都會接到這種信號。找不到發射來源，此類電臺通常持續播送數字、字母、脈衝聲調或者摩斯電碼，多數使用女性聲音，也有少量男性以及兒童聲音播送。普遍觀點認為，它們都被用作傳遞間諜信息，但是這種說法從來沒有被任何一個國家的政府所承認。當然，我也聽過更詭異說法，拍這些頻率根本不由人類發出，比如十八世紀發明無線電接收器的俄國物理學家波波夫，他接收到的第一則信號就是「數字電臺」，證明它們從好久好久以前，也許比人類出現更早開始已經存在云云。

我一行船就跑了二十多年，直到一九八零年十月，我在布宜諾斯艾利斯的唐人餐館買下一份華語報紙，知道香港政府廢除「抵壘政策[01]」，實施「即捕即解[02]」，我就知道，麥景陶碉堡已完成了它的歷史任務。同年，我終於娶了我的未婚妻，不再行船，回到香港定居下來。

偶爾還會想，假若富哥和東叔仍然在生，不知他們在幹麼呢？

事情至今已經過了六十多年，本來只是一件小事，甚至連事情也說不上，是個片段。卻不知為啥，總盤旋在我心間揮之不去。久不久，當我拖著孫女在街上聽見雪糕車的音樂廣播，看到電視上六合彩的轉珠賽果，也會想起這件陳年往事。

畢竟那個火紅的年代，一切盡皆瘋狂，也帶點神祕主義。再多一個這樣的奇怪片段，也不算啥詫異事情，是吧？

---

01 抵壘政策：意指殖民地年代香港政府對來自中國大陸非法入境者的政策，於一九七四年十一月實施，此後由中國大陸成功偷渡到香港市區（界限街以南）的人，即可得到香港居民的身分。

02 即捕即解：一九八零年十月二十三日，港府宣布撤銷抵壘政策。在當日以前已來港的中國非法入境者，可在其後三日（二十四日至二十六日）寬限期內，登記領取香港身分證，當日後抵港的偷渡者，則會被立刻遣返中國。

16 十九號列車出軌事件

一

日常寫稿天馬行空，生活明明乏味得可怕，敲在 Word 上的文字卻越來越瘋狂。久而久之，我習慣了這條創作與現實的界線，確信自己寫出來的東西只存在於文字和影像，都是虛構的，現實中絕不存在怪力亂神。

這種世界觀，打從我出生起維持了二十多年，一直到上禮拜才被打破。接下來我要告訴你的，這個詭異到無法置信的事件，它活活發生了在我身上。事後我才意識到自己一直以來的無知，站在世界這邊，看不見世界那頭。作為一個寫作者，我想我有義務記錄事件的全部，至於你相不相信，也無妨了。

故事要從四個月前開始說起。

四個月前，我去澳門出了一趟小差。你知道，除了有時候要出去跟監製和導演開會，我的工作多半都是躲在家裡寫稿。對我們這種卑微的文字工作者來說，可以出差，即使僅是過大海，我們已經樂得很。

那案子是跟澳門某新開賭場合作，他們想要拍個微電影來宣傳，需要寫手來寫鱔稿[01]劇本。事實上，我一向不看好這種微電影宣傳，除了因為大部分微電影質素都非常參差，最大問題是根本不會有人看。當然，人家既然慷慨出價，錢收了，我就有義務地服務下去。

我非常記得，我是在一個星期四上午乘最早一班船去澳門，甫到埗便被鎖進那家賭場的酒店咖啡廳裡開會，從上午開到中午，中午開到下午茶，下午茶一直開到晚餐，然後吃完飯還繼續了兩個多小時。對我來說，澳門的地理面貌，就只止於那家咖啡廳的那個卡位和連接廁所的走廊。直至快到午夜，他們才好心放我回去（其實是不想浪費一晚酒店房給我），乘最後一班船回香港。這件詭異到極點的事情，就是在那趟回香港的噴射船程上開始。

四個月前還是夏天，那晚沒風沒雨，海面浪濤不大。大概是噴射船開得平平穩穩，而我也的確是開了整天會議累壞了，上船後不久，當還沒離開澳門水域，我已經躺在梳化座位很快睡著了。

我做了一個夢。

夢中，我坐在一列火車裡。

二

那夢非常奇怪，它是如此真實，彷彿是從現實世界剪接出來的一個片段。它沒有朦朧感，倒像觀看一部HD影片，鏡頭就是我的眼睛。

首先進入眼簾的，是綠色。

一列綠色的火車，車廂的天花、牆壁或是紙皮石地板，都髹上了淺綠色。我坐在一排木製椅子上，感覺很硬很不舒服。頭頂置有行李架，同樣木製，看似隨時會塌下。車廂很暗，像在夜裡行走，唯獨天花一盞小燈泡，散發著霉霉的疲弱光線。有時候鏡頭晃動（我猜是火車行走中的擺動），燈泡更會突然熄滅，一兩秒間，車廂變得漆黑。

車廂內擠滿了人，我發現自己能夠坐在椅子上已經是件很不錯的事，大部分乘客也只能站在走廊通道，或蹲在遠處通往另一車廂的接駁位置。這群乘客給我的感覺都是難民，他們衣衫殘舊，黏滿油垢。每個人都抓著大包小包，彷彿剛從戰爭逃出來，臉上都掛著不安。

火車正在疾走，窗外狂風暴雨，一片芭蕉類樹木在風中亂舞。不遠處是海，路軌建在岸邊，海面顏色深沉，激起的浪花更會飛彈至窗上。

我清楚自己正在做夢。我不認得這火車，也不認得車外的地貌。我推斷這可能是在某個東南亞國家，菲律賓，或馬來西亞，或印尼。

接著，夢境起了變化。

有人拍我的肩膀，只見一個理著平頭裝[02]，滿臉汙垢，衣衫同樣破爛的瘦削男人，他正惶恐看著我。我留意到男人背上綁著一個嬰兒，嬰兒睡得正甜。男人一臉緊張地跟我說。此時，我才發現哪裡不對。

沒有聲音。

我聽不到男人說話。

夢一開始，我就沒有聽到火車走在路軌上嘎吱嘎吱的聲響，或是窗外暴雨的敲打，或車上乘客的交談。彷彿看電視時按下靜音，這是一段只有影像，沒有聲音的夢。人在夢中總是不為意任何不合理的事，我當下沒有感覺，事後回想，才驚覺這是多麼奇怪的一回事。

平頭男人似乎是我熟人，沒說幾句，他就拉起我去某處。

我們往車頭方向走，過程困難，火車嚴重超載，走廊上蹲滿了人。我不時看著男子背上的嬰兒，胖胖白白怪可愛。無論我們跨過多少個蹲在地上的難民，穿過多少節車廂，這嬰兒始終沒醒來，彷彿跟紛亂的世界無所關係。

我們來到第一節車廂，再往前就沒路可走了。窗前是一臺走動中的重型柴油拖拉車，列車此刻正沿著路軌向右繞，雨水四面八方襲來，柴油拖拉車的沉色因沾了水而更顯反光，感覺就像一隻航行海上的貨輪。

平頭男人停下來，猛拍旁邊一個小房間的門。

根據以往坐直通車[03]回大陸的經驗，那裡會是乘務員休息室。果然，木門打開，一個穿深藍色制服的鬈髮女人步出，瞪著我倆。

這位女乘務員似乎對平頭男人的打擾感到不滿，平頭男人神情焦急，一邊想要安撫她，一邊連珠炮發地在解釋什麼，更不時指著背上的嬰兒，以及站在他身後的我。女乘務員無動於衷，倒是越聽越生氣的樣子。沒多久，絕望的平頭男子屈膝跪下，不停向女乘務員磕頭。看到如此，女乘務員非但沒有尷尬，更是怒不可遏，要把男子從地上拉起。

此時，窗外某個事物吸引了我注意。

列車已經拐完了彎，重新修直的一瞬間，我看到前方不遠處，大概距離我們不夠五十米的位置上，路軌忽然空了。就像卡通裡的情節，那快要被我們駛過的路軌，忽然往上折起一小段，隨即整個往下墜，泥黃雨水沖進那塌陷的位置，恍若一條真正的自然河流……

斷軌。

列車快要出軌了。

危難當前，夢中的「我」很想叫，夢裡哼不出半個字，只能指著前方。女乘務員這時也注意到了，停止跟平頭男子爭持。列車顛簸了一下，我站不穩，整個身子往前甩。窗外的柴油拖拉車底部傳出白煙，大概是駕駛室裡的車長終於看到斷軌，立即煞車……

可一切已經太遲了。

距離斷軌只剩下大概十米。

接下來發生的要以秒作單位計算，列車煞掣，衝力太大，車廂內所有人都摔在地上，有些更因毫無防備而撞個頭破血流。

平頭男子吃力地爬到我身邊，他側身伏在地上，把背上的嬰兒解開，抱起塞到「我」手中。天崩地裂的災難環境下，我感到了嬰兒的體溫，他的呼吸，他的氣味。他始終沒有醒過來，在世界末日般的局面下，依舊蜷成一小團安好地睡。平頭男子伏在我身上，似是想保護我和我懷中的嬰兒。

接著，我感到失重，列車在下墜。

我看到自己騰空起來，地板變成了天花，天花亦轉移到腳下。我看見每一個乘客惶恐的臉，恍如人間煉獄。我看見火車從橋上掉下來，柴油拖拉車首先著地，砸在斜坡下的泥濘裡。我看到玻璃窗粉碎，雨水和泥濘像雪崩一樣地湧進來。我看到爆炸、火光、黑煙、車廂結構被暴力扭曲……

然後，黑暗。

我醒來了。

我發現自己正倒在噴射船的藍色沙發上，船已經回到維多利亞港。浪大了，船也開始晃了。我感到疲倦，彷彿剛做完激烈運動般虛弱，全身上下都是冷汗。我取出賭場酒店送的瓶裝水，喝一口，思想混沌。

剛剛那是夢嗎？

太真實了。

夢會如此真實的嗎？

當下的我沒有多想，也沒有懷疑自己為什麼會做一個東南亞地區的火車出軌的夢，只道是開了一整天會議的疲倦後遺症。船很快就泊岸，我是最後一個離開船艙的人，上岸後，我還在中港碼頭的大堂處耗了好一段時間，讓頭腦稍為清醒後才坐港鐵回家。回家後洗了一個熱水澡，把這事也放下了。

我沒猜到，當晚睡覺，我又作了同一個夢。

火車又撞毀了一遍。

三

這夢我反覆做了三個多月。

每次睡覺，不論晚上躺下就寢、中午打瞌睡、或僅是在巴士上休息片刻，只要有一秒鐘的入夢時間，雙眼閉合，我的思緒總無可避免地飛躍回去那趟遙遠的火車旅途上。一遍又一遍，猶如一個無法逃出的黑暗輪迴，自木椅上醒來，到火車墜橋結束。直至我醒過來，混身冷汗，才知道終於回到現實，安全了。

有一段時間我非常害怕，甚至特意網購了一臺咖啡機回來，一過晚上十一點便狂灌Espresso，不敢睡覺。彷彿活著另一個雙重身分，我知道越睡，只會越累。某次聚會，我跟一位修讀心理學的朋友談起這事，他懷疑問題出在我的日常生活中，必定是某個我常常見到，卻一直不為意的東西，一直對我作出心理暗示的效果，引致我潛意識裡起了烙印，反覆投射。

「不過，你的情況有點特殊。」那位朋友說：「大部分因為心理暗示而循環做夢的例子，他們的夢通常都是朦朧不清，不合情理，不合邏輯，並有濃烈的象徵意義。你明顯不是這種情況。」

「我的也不合邏輯，充滿象徵啊。」我反駁：「我從來沒有坐過這麼一列火車。」事實上，我連去東南亞旅遊的機會也很少。

「但你清楚記得夢中的每一個細節。」朋友安靜地說：「像看電影。」

他這麼一說，我頓覺滿有道理。是哦，我怎麼會對這可怕的火車夢有如此清晰的記憶？我甚至記得火車上每個難民所穿的衣服顏色，也清楚夢中的時間觀，知道火車大概走了多久才脫軌。反觀我這輩子做過的夢，除了很快忘記，幾乎都是糊里糊塗，夢中時間忽快忽慢，跟現實世界有明顯落差。

我開始尋找隱藏在日常生活中的心理暗示。

我暫時擱下手上工作，為每天訂下不會重複的行程與路線，打破那可能存在的無形壓力。

於是，我星期一到尖沙咀逛街，星期三到大澳買蝦醬，星期五上飛鵝山看夜景。我在尖沙咀一家青年旅館裡訂了一個星期的房間，晚上到那邊睡，測試那個心理暗示是否出現在我家裡。曾有一個週末，我臨時買了一張往昆明的飛機票，測試當我離開香港去一個從沒到過的環境，那個心理暗示是否還存在。

結果，當我嘗過不太好吃的雲南米線，回到位於圓通街上的便捷旅館，在床上倒下時，雙眼一合，還是無法避免地夢見那片芭蕉樹，那場暴風雨，以及，那列該死的火車。

到底是什麼？跟我有什麼關係？為何這城市有千百萬個人，偏偏要選中我作這種魂縈舊夢？難道這是我的前世記憶，我上輩子是個印尼人，死在某趟火車出軌事故？我感到洩氣，更曾想過是否要到油麻地某個板間單位裡，尋找那些可以參透前世今生的龍婆[04]術士。

直至兩個星期前，因為一件無心插柳的小事，謎團終於露出一點端倪。

當我花盡時間金錢，又進大澳又訂旅館更飛昆明，我從來沒有想過，整件事情的超級轉捩點，居然隱藏在最平平無奇的角落。一個下午，一次迷路，我接下來的人生軌跡，起了覆地翻天的變化。

那天，我去了一趟大埔墟。

四

對於我這種家住香港島，連過海機會也不多的人來說，大埔，其實跟深圳寶安、廣州沙面一樣，完全是個從沒涉足過的蠻荒領域。就像小時候玩 RPG 遊戲，總要你曾走過的路才會顯示在地圖上，我對大埔的認識，僅止於它位於新界某處，一個港鐵要轉很多條線，坐很多個站才到的地方。

那是個星期四，因為工作關係，我臨時要到大埔工業邨一家報館去取點資料（我畢竟無法因為夢魘而無止境停工）。正當我從大埔墟站下車，苦思如何轉駁到工業邨，跟我接頭的那位報館編輯打來說他剛下班，可以直接把東西帶出來給我，囑我在大埔墟等等他。我暗罵一聲，早知如此，他直接把資料帶出九龍不就成了。當然，事後回想，就因為那位編輯這一句話，方會引爆接下來連串的骨牌效應。

還有大半個小時，我從火車站走了出來，沿著站旁小路一直走到比較多人的大埔墟中心。我繞過一棟該是新建的市政大樓，躲過一大群站在馬路中心，遊說路人捐款給他們的不知名團體，看到馬路對面，一條叫做大榮里的喧囂老街，被忙著買菜的師奶和菲傭塞得水洩不通。我嘆口氣，繼續往少人地方走。不知過了幾條馬路，繞過幾個街角，街巷漸漸上坡。我爬上一條完全沒人的街道，發現那是個死胡同，正要掉頭往回時，我看見了什麼東西，停下來。

死胡同盡頭是一個鮮紅色的網狀鐵閘，閘非常寬，大概可以給兩臺貨車同時穿過。鐵閘並沒鎖上，中門大開，任人隨進。

我看見鐵閘上名牌：「香港鐵路博物館」

我可是孤陋寡聞，從不知道香港有這麼一個博物館，好奇心作祟下，我走了進去。我發現博物館小得可憐，主建築群就得一棟中國式平房。隨意瞎逛，從牆上的告示板得悉，這平房前身正是大埔墟火車站，由於九廣鐵路一九八零年代引進電氣化火車，新大埔墟車站於一九八三年啟用，舊站被關閉。政府把它列為法定古蹟，並翻新成現今的鐵路博物館。

「有趣，可這跟我一點關係都沒有。」我重新步出，正要打給那位報館編輯時，卻發現博物館還有沒探索的領域。地上鋪設了一條火車路軌，該是以往火車站還運作所用。我沿著火車軌往前走，越走越進。奇怪是，每走前一步，我越感到不安。彷彿遠處傳來期待的鼓聲，什麼詭譎事情正在暗中作祟。垂頭，我看見手臂居然起了雞皮疙瘩。我穿過一群拍結婚照片的無聊人，穿過頭頂蓋冠的古老細葉榕，來到一個博物館另一區域。

「歷史車卡館藏。」旁邊路牌所示。

眼前是一個大型金屬帳篷。帳篷下，路軌上，停泊著一臺臺真正的舊式火車卡。我看見有藍的、有綠的、也有紅的，從資料牌得悉，這些都是九廣鐵路不同年代的古董車卡。我看見其中一臺深綠色的火車卡，冷不防，我感到一種致命的熟悉感。隨即，我那朝思暮想的噩夢片段，一下子全都翻滾了上來。

「慢著，這該不會是……」我從側旁鐵梯躍了上車。

車廂裡充斥著某種酸腐味道，內部裝潢都被髹上淺綠色。我看見灰白色瓷磚地板，我看見棕色實木的椅子和行李架，我看見天花板垂吊著的古老風扇，我看見角落早已經封塵的小燈泡。

一切一切，都跟我記憶中的畫面，徹底一致。

驚恐，迷惑，我感到背上一陣寒氣。

我夢見的就是這裡！

一直以來，我都忽略了一個可能性——我夢到不是某東南亞國家，而是香港！他媽的香港！

我趕緊跳下車廂，查看擱在路軌旁邊的告示板，「歷史車廂二二三號：一九一一年來往羅湖站和九龍站的普通等列車」。一九一一年，距今已經整整一世紀，那年清廷太監李蓮英逝世，武昌起義爆發，辛亥革命才剛開始，孫中山被推選為中華民國臨時大總統……

這些只該在歷史書上讀到的事情，我居然夢到來自同年代的陳年畫面。可能嗎？

一個穿著藍色制服的保安大嬸經過，我攔住她：「阿姨，請問一下，這車子在一九一一年服務期間，有沒有任何發生事故的紀錄？例如出軌、墜橋、撞車啊什麼都可以！」

那位只是來當兼職的保安大嬸，咬一口手裡剝著的柑橘，瞪我一眼：「我哪知道？」

我沒再浪費時間，邊奔出鐵路博物館，邊取出手機撥兩通電話。第一通電話，我打給那位姍姍來遲的報社編輯，說我有急事要回九龍，改天再約（事實上，當我打過去時他還沒離開工業邨，混帳！）第二通電話，我打給了那位讀心理學的朋友，大致說明情況：「快幫我查一下一九一一年前後，九廣鐵路有沒有發生過任何嚴重的出軌事故！還有，你的大學圖書證不是可以進入古本收藏區的嗎？快去找找一百年前的舊報紙！」

那位朋友猶豫：「可是我在吃飯……」

我嘖一聲，大罵：「這是解開一切謎團的關鍵，是千載難逢的大好機會！你不是說要寫一篇驚世駭俗的碩士論文嗎？拜託，這就是啊！」

心理學朋友抱怨兩句，便被我從飯局之中督促回去找資料。

我急步穿越大埔墟，沿路回去港鐵車站。有誰會想到，這一來一回不夠半小時的間距，我竟然破解了困擾我多時的謎團。當我再接到心理學朋友打來的電話，那已是十五分鐘後，我所乘搭的港鐵剛離開大埔墟月臺。

「喂？我跟你說哦，自己這麼懶可不成！」電話接通，我的朋友劈頭就說：「你要找的新聞，在Google上一搜就有啦！」

我暗吃一驚：「什麼？！」

他語氣冷靜：「香港開埠以來涉及人命傷亡的嚴重鐵路意外只有一次，不過比你說的一九一一年要晚一點。一九三一年四月二十日，馬料水火車出軌事故。不信你自己去查一下！」

我即掛線，到維基百科的網站上搜尋。半秒後，結果出來了。

「馬料水火車出軌事故是一宗發生於一九三一年四月二十日在香港新界馬料水附近的嚴重鐵路事故，事故引致十二死二十傷。當日下午，新界中部天氣惡劣，豪雨將二十二號橋和三號隧道之間的路基沖毀。約十七時十分，深圳站開往九龍的第十九號列車駛至，受損的路基因不勝負荷而塌陷，導致機車及頭四節客車車廂出軌並掉落了十呎高的路基之下。由於衝力甚大，第三及四節車廂更互相套入。事發後，鐵路局、警務處、消防隊均立即派員進行拯救，附近居民亦紛紛趕至協助，但由於地點偏僻、缺乏合適工具而且天氣惡劣，工作十分艱鉅……」

十九號列車、豪雨、脫軌、墜橋……

我深呼吸，握住電話的雙手因亢奮而抖顫。

此時，頭頂傳來女聲廣播：「下一站，大學。Next station，University。」

我忽然想起馬料水站，不就是大學站的舊稱？那，此刻身處的路線，八十多年前，不就

我在夢中走過無數遍的那條軌道嗎？

我驀地轉身，往車窗外看——深藍的吐露港，路軌旁疏落的幾棵芭蕉植物，列車沿著海

岸線的微曲弧度，對岸龐大的八仙嶺，連綿延伸到視線範圍外的地方去……是這裡了，儘管

海岸線因年月的沖刷，向外填出了快速公路和科學園，但當我看到周圍一切，這熟悉的氣息，

我清楚感覺到……

是這裡了！

電話又震了，我那位朋友再度打來：「喂，我又幫你查了一下。香港電臺前陣子拍過一

輯關於香港鐵路發展的節目，訪問了一個八十多歲的老人家，是當年馬料水出軌事故，從頭

一卡瓦礫中找回的嬰兒生還者……

「我說，在你夢中，你不是看見一個嬰兒嗎？」

五

我跟方老先生約在油麻地一家舊式酒樓裡見面，他看起來比我想像的年輕。

「你在電話裡說，你有關於那次鐵路意外的一點事情要問我？」沏茶後，方老先生和藹問：「你是電視臺的人嗎？」

事情畢竟匪夷所思，可別說在電話裡，即使是現在的面對面交談，到底要從哪裡開始，我也感到頭痛。

「不，嗯，我不是電視臺的。」我思索一會，隨便說個藉口：「其實我是一個專門收藏香港舊照片的檔案家，最近得了一批一九三一年馬料水火車出軌意外的珍貴照片，想替這批照片做一點資料性的歸納，故特意請教一下方老先生你，畢竟你是切身經歷過那次意外的目擊者。」

方老先生聽了我的話，笑道：「對，一九三一年出軌意外，當時我正身處出事的第十九號列車上，也算是那次意外的第一目擊者吧。不過，如果你是想要事發的確實情況，我怕我回憶不了呢。」

他頓了一頓，腆一笑：「畢竟我當時只是個一歲大的嬰兒。」

方老先生這句話，令我確信他就是我每晚穿越時空，意識附身至八十三年前的九廣鐵路車廂上，「我」在意外發生前死命抱著的那個嬰兒。

相隔八十三年，夢裡的懷中襁褓變成了眼前的齒搖髮禿，畫面實在超現實。

「我所知道的，都是我長大以後問親戚以及相關的人而得來。我祖籍梅州，父母親都是那邊的農民，一九三一年四月十九日，他倆帶著只有十六個月大的我到深圳，當時還叫做寶安啊，準備到香港去找我二叔。二十日下午，我們一家三口從深圳站坐火車南下，沿著英國人所建的路線往九龍。那年頭的火車沒今天發達，車頭都是蒸氣機拉著，一天才兩三班呢。那天下午天氣不好，大風大雨的，假如放在今天標準，我看一定要掛黑色暴雨警告[05]了。火車誤點了半個小時，當走到馬料水附近時，山上流下來溪澗把橋墩都沖崩塌了，火車煞掣不及，機車以及頭四卡車廂都掉了下去。撞擊的時候，第三和第四節車卡更互相套入，是多誇張啊！」

「聽說你是在第一車卡的瓦礫中被找到的？」我問道。

「對，我是被趕來的救護員從車頭位置救出的，聽說撞擊時，我的親生父母把我抱得非常地緊。當然，他們都在這次意外中死去了。奇怪是，那年頭如果是從寶安上車，根本不會被分派至第一卡車廂裡。所以我家三口撞擊後幹麼會出現在車頭，這至今仍是個謎。」方老先生苦笑：「那都是八十多年前的事了。」

後來，我某次看到國家地理頻道上一個關於量子物理學的科普節目，知道世界上有一樣東西叫「弦理論」。

「弦理論」假設世界上有無盡個多重宇宙。我們所存活的這宇宙，可能只是四維世界的其中一個變化。事實上，通往其他宇宙的理論方法，至今仍未被科學家提出。我當下就想，夢，會否是方法之一？佛洛伊德派系的心理學家普遍認為夢境只是人類的潛意識反射，可真相，會否離這更遠一點？我透過做夢，意識回到八十三年前的香港，與方老先生的雙親同步起來，這可能嗎？

我沒有答案。世界上也沒人有。

當我跟方老先生見面後，彷彿完成了某種牽掛似的，那奇怪的夢終於停止了。半夜再沒煩擾，那個晚上，久違的，我終於睡了一遍好覺。

沒多久後，我也把這事徹底忘記了。

那天，在油麻地的舊式酒樓裡，當我跟方老先生告別以後，在大堂等待升降機下樓時，唯獨一個僅餘的小謎團一直盤據心裡：八十三年前，本來只是坐火車中段的方氏夫婦，他們怎麼會在出軌前突然跑到車頭位置呢？我想起夢境中帶著我往車頭方向跑的瘦削男子，他在火車出事之前，不斷猛拍車務員的門，就像想把火車停止下來似的。

驀地，我想到一個毛骨悚然的可能：既然我可以透過夢境，回到過去，過去的人，是否也有能力透過夢境來到現代？方老先生的父親，是否也做了跟我一樣的夢，來到二零一四年的今天，知道了八十三年前發生的火車出軌意外，才回去嘗試阻止？

這念頭畢竟無稽，當我等到升降機來臨，早已把它拋諸腦後。升降機門關上前，我忽然有種異樣的感覺，覺得剛剛走出升降機，跟我擦身而過的男子，他那瘦削的身影似曾相識。

然而，沒待我求證，升降機門已經「啪嗒」合上。

---

01 鱔稿：意指臺灣的業配稿件。

02 平頭裝：意指陸軍髮型。

03 直通車：意指來回香港及廣東省的直通火車。

04 龍婆：意指香港電影和電視劇中常見能夠聯絡鬼魂、和靈界溝通（問米）的角色，最常演出這種角色的演員為羅蘭。

05 黑色暴雨警告：意指香港的暴雨警告信號分為黃色、紅色和黑色三級，黑色為最高級別，表示香港廣泛地區已錄得或預料會有每小時雨量超過七十毫米的豪雨，提示市民應留在安全地方暫避。

17
豆花故事

經過了十字路口，經過了菜市場，在第四個路口左轉，廖偉亮以一個街口的距離，一直緊吊在大隊後方。

平生第一次跟蹤別人的他並不敢把視線與目標絕緣半秒，事實上，對初學者來說，這次的目標倒是容易跟得很。目標人群沒增沒減，行程中他們邊把木牌紙扇等工具互傳，邊喋喋不休把待會行動重複，深怕當中某些長者會忘記，甚至罔顧安全做出過激行動。目標人群並未留意到，人群後方竟站了個無人認識的生面孔，可生面孔亦沒想過，一個街口外，竟會有個廖偉亮在跟蹤自己。沒多久，大隊終於來到目的地，人群開始散開，把目的地門口堵住。

事後，廖偉亮回想，發覺一切都是如此地顯而易見。

說來，廖偉亮是在碰過生面孔「豆花男」三次鬧事後，才開始懷疑他與恆春集團的關係。恆春集團近年南征北戰在城中舊區進行收購活動，在一幢幢不堪入目的舊樓房被推倒同時，恆春集團願意見到，或一直致力想達到的，乃是本土小店被趕盡殺絕，取而代之是一間間粗製濫造，毫無分別的超大型連鎖霸業。

令廖偉亮最為忿忿不平的，乃是恆春集團把道德廉恥置諸度外的收購伎倆：與前業主打龍通[01]瘋狂加租[02]，直至小商戶受不了那比原價相差四五倍的租金而倒閉，這類以經濟手段來打壓的招數早已是屢見不鮮。近期，網路流言與公眾輿論開始出現了恆春混黑之說：不擇手段的恆春為達到目的，竟開始與地方黑道進行利益交易，嘗試以小混混對付那些頑強的釘子戶。此說不知是真是假，可廖偉亮在碰過「豆花男」的三次鬧事後，才開始懷疑他與恆春集團的關係。

才剛剛坐下，豆花店外便傳來一陣喧嚷。

「他媽的，那瘋子又來了！」剛給自己端過豆花的顏老闆咒罵一聲，閃身奔往店門口。

此時，廖偉亮總算聽懂外頭那男的在嚷些什麼：「不要吃這家店的豆花，有毒！我老婆就是吃他豆花才死的！大家千萬不要……」

「你這瘋子天天來到底想怎樣，我哪裡得罪你了！受夠了，我現在就報警叫人抓你這個神經病！」顏老闆靠在門口大罵，伸手拿出手機。然而，甫聽到「報警」二字，那男的便逃了。

他跑時身影一晃，竟有幾隻紙飛機往四邊抛出，其中一隻滑進店裡，落在廖偉亮腳邊。

廖偉亮俯身拾起，見摺紋間有異，便把紙飛機鋪平。白紙上，潦草鉛筆字過去，是句再清楚不過的句子：「不要吃好好豆花店的豆腐花，有毒！」

事後，廖偉亮聽其他食客說起才知道，原來這種針對「好好豆花」的字句早在兩個多月前已印作街招[03]，鋪天蓋地張貼在附近一帶的牆壁上。顏老闆帶人去撕過好幾遍，可它們還總會在某些深夜裡再次出現。

就在這第一次見面後，廖偉亮暗暗為這奇怪男子取了個外號：「豆花男」。

「最近都好好哦，每天都可以吃到豆腐花。」

鄰座穿小學校服的女孩跟她母親說，她媽怕顏老闆聽到會不高興，忙把女兒話題一轉：

「婷婷，豆花好吃嗎？」

聽著這母女的對話，今天湊巧早下班，特意跑過來吃豆花的廖偉亮，心裡反生出許多對顏老闆，對「好好豆花店」，甚至對整個社區的使命感。大概因為大學修的是文化研究，曾流連於文學社與詩社之間的他覺得自己算是個搞文化運動的人，日常事看在眼裡，都會叫他有種希望能夠抱不平的欲望。在廖偉亮眼中，悲哀的是顏老闆：小女孩驚訝為何每天都有豆花吃，正正象徵好好豆花店的生意已經大不如前。

好好豆花店算是這舊區裡最有名的食店，經營近大半個世紀，在這個至少有三四種顏色的液體混合在一起才能稱為糖水的荒謬世代，像好好這種只會賣純豆花的甜品店少之又少。豆花不算難做的甜品，可正如蔡瀾所說：「越簡單的東西越難做得好。」差異永遠在於你會否花時間去雕琢。

打從七十年代末，顏老闆老爸已把豆腐花弄至登峰造極，由選黃豆、泡豆、到將黃豆磨成豆漿，顏老爸著重每個細節，精密調整著煮豆的時間、水量、和溫度，尋求力臻完美的方法。例如以鹽滷代替石膏粉使豆花質地更好、例如做豆漿時待黃豆泡水後，把它放進冷凍庫裡歇一歇，直至豆的纖維細胞因膨脹而擠爆，這樣豆漿才會更凸顯豆的香味及蛋白質……箇中對豆花的堅持和學問，最終使好好豆花客似雲來。

乃至顏老闆掌舵，繼承了他爸製作豆腐花的祕技，每天準時九點回來開門做生意，客人還是一樣地多。沒有親眼看過或許你不會相信，但請不要懷疑一碗豆腐花的威力，人們就是為著這麼一碗豆花，或冷的或熱的，就能把店面從早上九點開始擠滿直至下午三點半豆花賣光。顏老闆等人永遠都不會有機會營業至牌上所寫的六點結束營業時間。一週內有三四天，好好豆花店總會毫無疑問在三點半前售罄，樂得顏老闆索性週六日都關門去休息。

當然，以上所有對好好豆花店客似雲來的文字描述，若要以時間線上的規劃來說，那都會是在「豆花男」出現前才算成立。

「他到底是誰我怎麼可能知道？他老婆因為吃我豆花而死，這更是完全不可能的事情！好了，你一個禮拜來搗亂兩次，舊客還好，他們都知道那是謠言胡扯；可新客嘛，你一亂來我就沒新客啦！我們名聲給壞了，哪有新客會敢來？我若跟你說對面那家賣米線的有屎，你會不會敢去吃？就是不會嘛！以前我們開到三點半就賣完了，而現在六點半都賣不完！」

顏老闆某天跟鄰座客的對話，徐徐在廖偉亮腦海中迴盪。

「我說那個恆春集團，你要怎樣收購怎樣重建，還不是要講法律。你重建歸重建，收購歸收購，我們豆花店跟其他老街坊不同意你，你就去混黑找人來搗亂我們的店，這道理上是怎樣也說不通的。」還記得，顏老闆的聲音充滿委曲。

「豆花好吃嗎？」廖偉亮回過神來，鄰座的母親在問她女兒。廖偉亮早已把自己的那碗吃得乾乾淨淨，差點脫口應了那位媽媽一下：「好吃。」

「嗯，好吃。」小女孩也快要吃完。

「婷婷真乖。」

廖偉亮看著小女孩滿足的笑容，看著她母親那同樣滿足的笑容，在她們後方收銀機旁邊，站著的卻是顏老闆那懊惱不已的背影。

當天，就在廖偉亮吃完豆花之後，他在附近街巷見到不少「豆花男」的街招。看著那些無中生有的「不要吃好好豆花店，有毒！」字句，廖偉亮把整件事情思索一遍。從「豆花男」本人至好好豆花店，他想到了整個舊社區和老街坊、恆春集團的無恥收購、更甚是整個地球的可持續發展。

廖偉亮想起曾聽過的一句話：每人一出生就是為了自己而謀利益。廖偉亮覺得這句話對極了：眼看立法會選舉，參選人無不說著瑰麗堂皇的演詞，為求入會許下連自己都不相信的謊話，就像無論自己幹些什麼都是為了這城市去謀福祉。廖偉亮常在想，假若議會某天修訂律例，從即日起議員再無工資，職位變成純粹為市民效勞的義工性質——議事廳裡，到底又有多少個議員，真會願意舉手留下來？

「你太偏激啦。」朋友聽後搭不上嘴，總會這樣回應。

「道理沒有偏激不偏激，對的東西不會因為你舉的例子太過火，而突然變錯。」廖偉亮亦總會這樣反駁。當然，廖偉亮一類的文青亦不曾反問自己，其實自己所謂對文化的喜好，究竟是種發自內心的真正喜愛，還只是種不成氣候的虛榮，想把文化、知識分子這些宏闊而虛無的代名標記加諸於自己身上？

黃昏光線散落在巷子裡，從旁邊看已化成剪影的廖偉亮根本沒留意，思考中的自己，竟下意識把牆上「豆花男」街招逐一撕去……

「喂，你是阿薰嗎？我是廖偉亮。對，資源部的廖偉亮。今天下午我有急事不能回來，麻煩你能幫我請半天假嗎？對，家裡有急事。謝謝。」

廖偉亮合上手機，看著馬路對面的那群人，等待。剛才吃完午餐的他見還有一點時間，隨便在公司附近繞了一圈。來到這個公園，他見外面聚集了好些人，大多都是附近舊區受恆春收購影響的店主和老街坊。首領是個戴粗框眼鏡的瘦削女子，她拿著麥克風，語重心長呼籲旁觀者加入，一起遊行到恆春集團的總部門外抗議。

「我們抗議恆春集團對小商戶的無情趕絕！我們抗議任何人對恆春集團的包庇！我們抗議任何嘗試破壞我們集體記憶的政策！我們堅決捍衛這城市的真正文化財產！我們會，抗爭到底！」

廖偉亮對此女子毫無認識，想必她是位新晉社運人士。但見集會人數實在沒有很多，偶爾會有路人停下來八卦一下，可真正參與者來來去去都是那群。廖偉亮很想加入，可自己下午還要回公司，故準備轉身作罷。就在那一刻，離人群不遠處，他看到了那熟悉的影子。廖偉亮回想過去五六次的相遇——不會錯，那個在公園門外偷望的男子，肯定就是「豆花男」。

廖偉亮非常肯定，「豆花男」在這出現，這一定不會是巧合。參加抗議的人不是來支持就是來反對。在這情況下，就只可以往壞方向去想。廖偉亮想起「豆花男」一直以來的行為，想起「好好豆花店」，想起顏老闆的落寞背影，想起那天，自己很自然地把街招撕下……

他低頭看看自己，抬頭看看「豆花男」。

他拿出了手機。

「繼續是本地新聞：下午時分，一群遊行人士在恆春集團位於松木路的總辦公室外與在場維持秩序的守衛發生衝突，混亂間雙方均有人報稱受傷，警方接報到場並拘捕五名示威者。遊行發起人萬絲茹表示，示威者都是連過半百的年長人士，體力虛弱之餘，亦十分和平和克制。萬絲茹強烈譴責恆春集團的暴力行為，指他們故意指派守衛挑釁及打傷示威者。而恆春集團代表則指當時情況非常混亂，示威者行動過激，危害各人安全，迫不得已才指派守衛去維持秩序，卻被對方暴力襲擊……」

當那些守衛突然自鐵閘內湧出，手持保安棒並喧囂圖把示威者驅走時，所有原本只是坐在地上請願，連「激烈動作」四字也沾不上邊的示威者均是詫異萬分。除了廖偉亮。

人群外，廖偉亮眼見同樣站在大隊旁邊的「豆花男」已待了好一段時間，遲遲沒有動作，就知道待會必有大事發生。廖偉亮猜想，「豆花男」定必與某人訂好了計劃性的挑釁擾亂行動，待時機成熟便會開始鬧事。得悉這一切，自己來這的目的，當然就是為了阻止「豆花男」。

所以，當騷動發生，廖偉亮看見「豆花男」動身奔入人群之際，廖偉亮暗叫一聲：「終於來了！」隨即便往「豆花男」消失的方向跑去。

沒入人群，眼見兩旁人影晃動，稍不留神便會被搏鬥中的人群擊倒，廖偉亮忙以手擋開，勉強跟隨「豆花男」步伐往前方追去。終於，就在廖偉亮繞過一個擋路的示威青年後，他看到了「豆花男」，他正與一個男人在激烈拉扯著。廖偉亮正想動身往前撲去，卻驟然看到，那名被「豆花男」按住面額的中年男人，他身上居然穿著一件淺藍色的守衛服……

恆春集團的守衛服。

廖偉亮愣住了。有兩三秒的時間，他確實忘記了自己站在那裡的原因，接受不了這個違背自己期望的畫面。只見「豆花男」雙手都被守衛抓住，動彈不得，情急之下，「豆花男」向天奮力吼叫：「反對恆春恐嚇老租戶！反對摧毀市民集體回憶！恆春，無恥！」同一時間，人群撞擊使什麼東西自「豆花男」口袋裡掉了出來，「喀擦」落在地上。是「豆花男」的錢包。

廖偉亮看著地上被跌開了的錢包，內頁夾著的一張照片，他感到不知所措。冷不防，旁邊誰人的猛烈一撞，廖偉亮還來不及亂抓平衡，身體就往地上迅速倒去。就在撞擊地面的前一秒，猶如電影慢鏡頭般，半空中的廖偉亮總算看清楚錢包裡的那張照片……

身體與地面猛力撞擊的一刻，廖偉亮思緒竟豁然清晰起來。

意識似是離開了自己的身體，往上空飄浮而去。他不清楚那只是自己的幻覺還是什麼，可那一刻他真的看見自己一直往上飄，離開了「豆花男」、離開了示威者和守衛、離開了恆春總部、離開了松木路。他上升的速度很快，轉眼間，地上的人和車已變成玩具般小。迷糊中，廖偉亮穿過了雲層，穿過了一切高度，穿過了日，穿過了月，穿過了現實的空間與時間：

此時，映在廖偉亮眼前的，正是那幅放在「豆花男」錢包裡的照片。

那是「豆花男」與一名女子的合照，看仔細，中間還站著個小女孩。

廖偉亮頓覺女人和小女孩都很眼熟，卻想不起在哪見過她們……

「不要吃這家的豆花，有毒！我老婆就是食他豆花才死的！」

左耳忽地響起「豆花男」的聲音。

「婷婷，豆花好吃嗎？」

同時間，右耳聽到了照片中女人的聲音。

「好吃！」

二人中間，穿小學校服的女孩滿足回答。

那一刻，他看到了。

像是站在一個不存在的位置，以上帝的鳥瞰角度，廖偉亮看到了「豆花男」的故事：他看到了「豆花男」每天下午，都偷偷倚在「好好豆花」的對面街角，偷望豆花店內那對幸福的母女，那個本來是她妻子的女人，那個本來會由他一手一腳養大的女兒，都怪自己曾經犯下的錯，令妻子不得不離開他。婷婷很愛吃「好好」的豆花，這是他某次偶然發現的，可婷婷根本不可能吃得到，這也是他之後才發現的，那是因為婷婷每天四點才放學，給「好好」售罄的時間還要晚。除非是好運，否則根本不能夠吃到。

對，除非是好運，或者是，有人故意製造出這樣的好運。

「每個人一出生就是為了自己而謀利益；著眼為自己的利益而做事，這是最正常不過的事實。」這的確是最正常不過的事，可有時候，抱負著種種理由，最正常的人，卻會選擇最不正常的犧牲。比如說，把自己化身成「豆花男」，來保護一下自己從未曾保護過的女兒……

也許我不能親手逗妳笑，但也許這碗豆花，可以？

婷婷，豆腐花好吃嗎？

……好吃嗎？

……爸爸特意留給妳的豆花，好吃嗎？

「好吃。」

穿小學校服的女孩滿足笑了。

剎那間，承接著腦袋跟地板的猛烈撞擊，「嘩啦」一聲，廖偉亮的意識突然翻騰回到十萬九千里外的松木路。他不確定自己剛剛看到的到底是什麼，可正當廖偉亮自地上慢慢爬起，看到依然和守衛扭鬥中的「豆花男」。

不知是否只是錯覺，廖偉亮居然覺得「豆花男」的背影要比以往都沉重。

01 打龍通：意指合謀。
02 加租：意指加租金。
03 街招：意指街頭宣傳海報。

18 無人駕駛

一

K房[01]內傳來彭羚〈無人駕駛〉的前奏。也許隔著門，本來已經虛無縹緲的電子旋律，現在聽來，更像來自遙遠星系的天外之音。

那是阿茹最喜歡的廣東歌之一，她從中學時期便很喜歡彭羚，阿茹買過彭羚退隱前的每一張唱片，從輾轉收購得來的《With Love》到最後的新曲精選《Precious Moments》，也搜集過一整套她的Yes Card[02]。中三時，阿茹更把自己的洋名換成Cass，當同學們紛紛問：「咦，是否學彭羚的啊？」她總會否認，訛稱那只是一個美麗的巧合。中五會考前，阿茹強迫初戀男友陪她參加最後一次的校內歌唱比賽，唱的正是《要多美麗有多美麗》裡的〈漩渦〉。儘管初戀男友的低音遠不及黃耀明，阿茹也因為過於緊張而連番甩漏，他倆於初賽便被淘汰出局，阿茹一點都沒後悔。對她來說，在臺板上握著麥克風，那是最接近自己偶像的時候。彷彿秀茂坪大聖誕[03]看人家神打乩童般，她甚至感到了彭羚附在自己的身軀上，以至自己吐出的每一個音符，她都感動得熱淚盈眶。而阿茹終於也於賽後當晚遵守諾言，把初夜獻給了初戀男友。

年月過去，那堆 Yes Card 已在中學畢業後搬家時被媽媽當垃圾扔棄，而彭羚也因為生了女兒而無聲隱退。每當阿茹在新同事面前介紹自己作 Cass 時，已經再沒有人質疑她是否彭羚的歌迷。直至前陣子的黃偉文演唱會，當阿茹看見穿著白色晚裝的彭羚從臺下升起，身旁每一個觀眾都用盡氣力的聲嘶力竭時，唯一一個沒有反應的人，反倒是最應該感到興奮的阿茹。那個晚上，就像某些電影裡的慢動作鏡頭，站在四百八十元的貴價位置上的阿茹只道出神，看著臺上風靡一時的偶像身影發呆，任由那道舞臺燈光橫掃在自己臉上。

那是一種很奇怪的感覺，孟子曾說「獨樂不如眾樂樂」，其實是多麼狗屁。在阿茹心目中，除了林海峰，彭羚就只能屬於她自己一個人。她是 Cass 的頭號歌迷，從她剛出道便開始支持她（她卻完全無視了一九九〇年，其實自己還在讀小學二年級），當還沒有人會哼〈小玩意〉時，她已每天追聽商臺[04]的〈戀愛二分一〉，只為那首主題曲。反倒是現在，當 Cass 變成了一個集體回憶，變成了所有人千呼萬喚的對象，原來自己喜歡的東西，一直都被全世界共同占有著而自己卻懵然不知。阿茹忽然覺得，這一切都太沒意思了。

就像剛才 K 房裡，當耀輝為她介紹自己的前女友 Selena。

「阿茹，實在太辛苦妳了，要妳頂這麼大一個麻煩。」

Selena 的笑容充滿虛偽，拍了拍耀輝的肩膀：「也恭喜你哦，阿茹是好女孩，千萬別像騙我一樣騙人家啦。」

「哈哈，耀輝不會的吧。」阿茹唯有勉強裝笑。

「阿茹，點歌吧，別害羞。」Selena 喝一口芝華士[05]，把遙控器塞在阿茹手裡：「我插了彭羚〈無人駕駛〉，我的飲歌[06]！妳會唱嗎？」聽到「彭羚」二字，阿茹心中一凜。然而她還來不及反應，耀輝已開腔：「阿茹是彭羚的頭號歌迷！」

「真的假的？」Selena 誇張吃驚，張大眼睛：「那妳一定要陪我一起唱！」

「我……」

阿茹吞下口水，心裡盡是厭惡感，就像黃偉文演唱會的那個晚上：「我……還是不唱了。」阿茹放下遙控器，從袋裡抽出紙巾：「我喝多了，先上個廁所。」

「要我陪妳嗎？」耀輝問。

阿茹搖搖頭，心裡卻多渴望耀輝這一句是陳述，而不是提問。

阿茹推門離開，確實上了一趟廁所，洗手時故意拖慢節奏，把肥皂溢在每根手指間，仔細擦拭。三分鐘後，當阿茹從廁所步回K房，準備拉開房門時，隔著那扇小小的圓形玻璃窗，她看到Selena已經握著了麥克風。

「你說你愛錯人，就像命運弄人，不知當初怎被吸引。
相當不甘心，常在問問問問，誰帶領你去為愛犧牲……」

阿茹怔住，鬆開握著門把的手。

站在房間外，阿茹不得不承認Selena的聲音的確動聽，無論是旋律的高低抑揚，或是歌調咬字和節奏頓挫，一切都控制得很好。也許仍沒到唱片中彭羚的三分之一表現，卻一定已經比中學臺上的自己好。

想到這，阿茹心內的酸溜溜感覺更是沸騰。

「呼……」她背靠著牆，一身疲憊。

走廊裡一片烏煙瘴氣，這家卡拉OK竟會壞品味到在天花板上設置螢光藍色光管，把本來已經不太悅目的室內陳設照得加倍廉價。阿茹沒有直接站在自己房間外，而是特意多走兩步，倚在洗手間對開的轉角處。湊巧一個滿臉暗瘡的侍應生拿著托盤走過，把一碟含菌量不知超標多少倍的生魚片送進隔壁房間，阿茹立刻自褲袋中拿出手機，裝出只是在按發短訊的樣子。

「這裡收不到手機的。」侍應生好心提醒。

「嗯。」阿茹嘗試逃避他的目光：「我知道。」

的確，手機右上角顯示出 No Service 字眼，把阿茹僅餘的自尊都完全擊碎。

阿茹痛恨手機，痛恨這家收不到電話訊號的三流卡拉 OK，痛恨眼前一切，卻更加痛恨自己——若不是自己當初硬是裝出落落大方的樣子，答應耀輝一同出席他的中學同窗聚會，現在的場面實在是不必要，完全可以避免。

特別是，當自己老早就知道，耀輝的前任女友也會出現的時候。

「妳確定？那晚 Selena 也可能會來哦。」

前天夜晚，剛洗完澡，濕淋全身只圍著一條綠色毛巾的耀輝問道：「如果妳不想去……不，如果妳不想我去，那也沒關係，反正我也常會碰見阿樂他們，就不差這天聚會。」

老實說，作為一個交往還不過三個月的新任男朋友，耀輝以女友為上的殷勤態度，確是蜜月期男女間很常見。每當出現這種阿茹可能會顧慮、或是吃醋的場景，耀輝總會示出最令人舒服又被動的一面，把掌舵完全交回阿茹手中，像是只在乎她的一句說話，一個意見。而作為斯文男友的嬌柔伴侶，阿茹也當然要裝出一副不太在乎的樣子。有時候，阿茹會覺得那只是耀輝過於清楚女生，故意擺出來的一種空城計。

按照心裡老早已訂下了的劇本，阿茹先是猶豫了半晌，痴呆地看著耀輝，像是完全想不起 Selena 是誰。三秒後，才恍然大悟地點頭。

「不會啊，我也想看看，你喜歡的女孩子是哪種類型。」

做戲做全套，本來偷偷登入了耀輝的臉書帳戶，窺看過 Selena 照片的阿茹，難免要伸一伸舌頭，裝出一個淘氣又無所謂的樣子。

二

不久前，阿茹曾在微博上讀到一篇轉發文章，這時她又再次想起。

唐朝時，太宗要給諫議大夫魏徵納妾，卻惹惱了魏徵的夫人。為處理這事，李世民唯有給予夫人兩個選擇：要不就接受丈夫納妾的事實，要不就喝下賜給她的毒酒。剛烈的夫人二話不說，即仰脖飲盡毒酒等死。眼見夫人的決心，太宗方說所謂毒酒，實只是一杯陳醋。自此，太宗不再提及納妾之事，而以「吃醋」一詞來形容情愛間爭寵，也自此傳開。

阿茹沒法確定這屬實與否，畢竟新浪微博總是泛濫著奇怪的訛傳。可若果是真，換作是自己，終究會為爭寵而喝下毒酒嗎？阿茹搖頭苦笑，那是無需多想也知道是不可能的事。莫說是毒酒，即使一開始就開宗明義說那是一杯陳醋，阿茹也未必會為耀輝而硬忍酸澀。在這年頭，這事倒也沒得怨，畢竟胸扣紅花，騎著腳踏車去註冊結婚的年代早已遠去。一想到這，阿茹則搞不懂，僅僅是其中一名遊戲者的自己，此刻怒火到底為誰而燒。

隔壁K房此時再被拉開，傳出令人窒息的仿張學友歌聲，滿臉暗瘡的侍應生重新步出，托盤上生魚片已換成一枝枝喝剩的空酒瓶。阿茹醒起當初是說上廁所而借故離開，心想早已過了兩首歌時間，再不回去便要露餡了。然後，就在阿茹準備動身轉頭，侍應生跟她擦身而過，K房木門快要被徐徐關上的那一瞬間，就像電影中某場重點的慢動作戲碼，一隻沒戴手錶的男性手掌自K房內伸出，硬生推住回彈的木門。

下一秒，一個穿著海軍藍色風衣的短髮男生自門後鑽出。

他的名字叫力奇，正是伸手擋住木門的那個人。

即使力奇自己還沒察覺，他也是接下來將要從後撞倒侍應生，繼而打翻整盤啤酒瓶的罪魁禍首；更是整整四十八個小時後，阿茹將會投懷送抱的那個男人。

直到好久以後，每當阿茹想起她和力奇的故事，她都會幻想，倘若那天並沒離開K房，或當時所站的位置稍微推前半步，接下來他倆的人生軌跡，是否就不再有重疊，而往截然不同的方向發展？儘管這是個對不存在答案的猜想，每當阿茹想起這問題，她仍會愣上半分鐘。

「噹啷噹啷……」侍應生和力奇碰撞，托盤上啤酒瓶的東倒西歪。還來不及喊叫，侍應已被撞倒地上。啤酒瓶打碎，那丁點兒還沒喝光的啤酒即傾瀉而出，完完整整地潑在阿茹身上。

衣服被弄濕一大片，幸好只是一件從泰國買回來的廉價 Parka 外套。

有兩三秒的時間，風波裡的三人依然呆滯，似乎仍沒弄清狀況，任由房門後仿張學友的難聽歌聲逐漸減弱。終於，房門完全閉合，走廊回復平靜，感到腹部側邊甚有涼意的阿茹，此時總算明白是什麼一回事，眼神驚惶地看著力奇。與此同時，還沒開始感到內疚，力奇低頭看著地上的侍應生，繼而是阿茹。

那是他們的第一次對望。

「對不起！實在很對不起！」二十一世紀香港，遇到意外場合，首先道歉的當然是被撞倒地上的侍應生。彷彿真是他的錯，被潑至滿身啤酒的侍應重新站好，從走廊末端的櫃檯後取出大盒紙巾，盼能在經理發現前平息這事。

「妳沒事吧？」力奇為阿茹遞過紙巾，抱歉地問：「不好意思，是我太魯莽了，非常對不起……」

力奇很想再問些什麼，例如她有否被撞壞，或是要不要去看醫生之類的，可話到嘴邊，都覺得過於刻意而止住沒說，此時除了歉意遞紙巾，也許他真的再沒其他事情可以做。至於阿茹，她倒是沒大所謂，畢竟被沾濕的範圍還小，小腹位置也不算尷尬，嘴上說著：「沒關係，真的沒關係！」，低頭反覆印幾遍便可以了。

然後這場小風波就如斯結束了，不確定再可以幹點什麼，力奇唯有搔搔腦袋，繼續步向轉角處的洗手間（這也是他衝出K房的原因）。半分鐘後，上完廁所的力奇再度出現，看見阿茹依舊站在同一位置上抹擦，內疚感才在心中繁殖起來。他實在不該就這樣跑去，好丟臉。

「那個……」力奇猶豫，看著抬頭中的阿茹，二人視線觸碰：「對面馬路好像有家星巴克。」

「嗄？」阿茹莫名其妙：「你說什麼？」

「我剛好有兩張星巴克優惠券，妳有興趣去喝一杯嗎？」力奇責怪自己的言語混亂：「我請妳喝咖啡，當作是向妳賠罪，就為了妳的裙子吧。」力奇即從錢包拿出兩張深綠色的優惠券，以證明說話的真確。他實在搞不懂，自己幹麼要畏首畏尾。

星巴克券懸在半空，猶豫中的兩三秒，阿茹首先注意到力奇的指甲非常整齊。就像那些做過護手 Spa 的手腕，指甲似乎用尺子精確量好才剪下，白色弧度光滑，阿茹心想，這傢伙該不是個同性戀者吧。

她的豁達可不是偽裝出來。對她來說，此刻坐在 K 房裡唱彭羚的 Selena，她唱出的每一顆音、側面看去的每一根眼睫毛、或是她對耀輝的每一個微笑，都要比啤酒裙子惱人一百倍。自己逃離 K 房就為了終止那種酸溜溜的感覺，而眼前現在的兩條岔道，要走哪條，或許這根本不是一個選擇。至少，自她不忍坐在 K 房角落假惺惺陪笑的那一秒鐘起，她已經作出了選擇。

「去喝咖啡，我可以報仇把咖啡潑在你的牛仔褲上嗎？」阿茹把紙巾扔進地上垃圾桶，看著未懂反應的力奇，她笑了：「走吧。」

「哦……」本來只是隨便說說的力奇，完全傻眼：「好！」

快要經過自己的 K 房前，阿茹特意深吸一口氣，待完全走出了卡拉 OK 後才吐出。只是一片玻璃門之隔，這面已完全聽不見嘈雜的流行曲，取而代之是灣仔晚上的車聲和人聲。猶如從窒息海底下回到水面，她忽然感到一種勝利的解脫感。

她再次取出手機，見到左上方已重新滿格。耀輝的 Whatsapp，最後上線時間依舊是自己上廁所前的十五分鐘。她欣慰，答應喝咖啡的決定實在是對極了。

三

在前往鷹君中心的行人天橋上，二人隔著兩個身位平排步行著，為了解決雙手不知該放哪裡的不自然，力奇特意把風衣口袋的扣子鬆開，雙手插入其中。

「可是，為什麼要說是優惠券啊？」就在灣仔警署前面，阿茹忽然問。

橋下的告士打道車水馬龍，逐漸駛近的車頭燈，以及逐漸駛遠的車尾燈，映出了一面紅一面白的絢麗畫面。

「什麼？」沒做好準備的力奇，完全錯過。

「我是說，你為什麼要說是優惠券啊？我是一點都不介意，但如果你是有心向人家賠罪，自己用真金白銀去買咖啡，這看起來會比較誠懇不是嗎？現在就好像因為你剛好有兩張優惠券，所以才請人家喝咖啡賠罪。」

說罷，阿茹又帶笑補上：「沒有我只是說說而已，我反正也沒差。」

「不，嗯哼，也許妳是對的。」力奇尷尬把風衣拉鏈扯下，瞬間又拉上：「就只是我的第一反應，不知為什麼就直接想到錢包裡有兩張優惠券，可以用來賠罪。當然，如果妳想我付錢的話，倒也可以。」

「別擔心，也許你骨子裡就是個寒酸的人吧。」阿茹自顧打斷，即又吐吐舌頭：「也是說笑而已，別放心上。」

阿茹並沒說謊，她是單純在說笑而已。縱使力奇這刻還沒有習慣，甚至會錯覺認為阿茹是為了裙子上的啤酒在諷刺他，出其不意道出重點又坦白的說話，這確實是阿茹的性格之一。面對如此，還未熟稔的力奇唯有吞下口水，不再說話。

結果，力奇還是出錢請客了，他的優惠券始終用不著。

「先生，不好意思……」星巴克裡，櫃臺後的短髮女生面有難色：「你確定這是我們公司的優惠券？」

「嗄？妳說什麼？」

「我是說，根據公司紀錄，我們好像沒有出過這種完全免費的優惠券。」

「怎麼可能，妳看這紙質這麼好，商標還要熨金的，不可能是假的吧。」力奇摸著深綠色的優惠券，難以置信：「怎麼搞的，可是我表妹說有好東西跟我分享，我還特意上他們家去拿呢。」

在短髮女生不住的道歉聲中，力奇阿茹互看一眼，阿茹嘲笑的樣子，眼神似在說：「那現在該怎麼辦呢？」

「竟會這樣……那便，我請吧。」力奇撕碎優惠券：「妳要喝點什麼？」

五分鐘後，回程路上，二人重臨告士打道天橋，腳下的紅與白依舊繁忙。

阿茹倚在圍欄上，呷一口冰凍的焦糖馬奇朵：「喂，你有聽說過一個在行人天橋上過馬路的遊戲嗎？」

「過馬路？行人天橋？」力奇把單字重複，像白痴一樣：「沒有。我沒聽過。」

「嗯，是我男朋友教的，好刺激的遊戲。」阿茹指著欄河下，在天橋底快速穿插而過的交通：「比如說現在，你看見紅綠燈旁快要衝過來的那臺貨車嗎？對，我們就要在天橋上躲避。」說著，阿茹訕笑一聲，突然抓著力奇的手臂，準備大動作將他整個人拉動……

「唔……唔……」她褲袋內的手機卻震動了。

阿茹低頭，看見那是耀輝傳來的訊息。

「真可惜。」阿茹咕嚕。

「……」力奇沒答話，一直維持被阿茹拉著的姿勢。

直至阿茹鬆手，沒所謂地用食指撥開髮蔭[07]，把餘下焦糖馬奇朵一飲而盡：「也差不多了，謝謝你的咖啡。」然後指指自己的裙子，吐一下舌頭：「還有啤酒。」

最後，二人在天橋上交換了對方電話，便在卡拉OK的玻璃門前分手，再次投進那個今夜不屬他倆的昏暗世界。

四

結果他們都沒等太久，就在隔天晚上，二人再次約會。

那是一個寂寞的星期五，阿茹任職的批發公司，老闆因趕著回深圳會情婦，午飯後已再沒回來，以致僅僅是個雜項小文員的阿茹，當天樂得可以準時六點下班。因為耀輝要上會計師公會的銜接課程，晚餐在沒人陪伴的情況下，阿茹向力奇發了個短訊。

「Hi，還有興趣玩那神奇的過馬路遊戲嗎？」

看見力奇的狀態變成Online，還沒輸入答覆前的兩三秒鐘，阿茹後悔，覺得自己寫得太虛假，就像那種常會上蘭桂坊喝酒玩樂的社交天后，她們泡男生時會說的開場白。為了補救，她特意挑了一個平常絕不會用的哈哈笑公仔，立即發了過去。結果阿茹多慮了，力奇回覆得甚是爽快，只不過四五個短訊，二人便約了在牛頭角見面。

「為什麼是牛頭角啊？」觀塘工業區的行人天橋上，阿茹邊走邊看：「你在牛頭角上班嗎？就這些工廠大廈裡？」

在她眼中，這一棟棟在五十年代初建成，曾標誌著香港製造業興盛和衰落的工廠大廈，在夜色掩護下更顯龐大，彷佛馬丘比丘的史前古城般神祕：「好奇妙，也許香港人都只會在香港島生活，還不知道九龍灣有這地方呢。」

「嗯，不是，只是剛好在這附近做訪問而已。」

力奇挽著他的側背包，貌甚沉重：「他們是香港的地下樂隊，租了牛頭角的舊工廈去練團。」

「你是記者？」

「不是，為什麼？」

「你說做訪問啊。」

「不，做訪問的也不見得只有記者。」力奇自背包拿出一本英文書，厚如字典：「是為著教授的研究專題而搜集資料，預備寫論文用的。我在大學裡當助教。」

阿茹翻開書本的硬皮封面，唸讀標題：「The Society of the Spectacle，這是什麼？」

「是法國思想家居伊．德博提出的《景觀社會論》。」

「那是什麼科目。」

「算是社會學，加一點點心理學吧。」力奇似乎沒要詳細講解。

「好像很深奧。」

阿茹看著密麻的英文句子，發呆：「你知道，我從來都不是讀書的料。可別笑我，就連當年跟風買回來的《Twilight》[08]，讀不到三分一就放棄了呢，反倒電影看了四遍。」阿茹把頁縫間的灰塵吹去，合上書本：「它的英文太深，我不可能看懂。」

「妳是說《Twilight》，還是《景觀社會論》？」

「當然是兩本都深啊。」阿茹把書交還：「不過這本比較厚，我猜也要更難讀一點。」

「別擔心，我也看不太懂。」力奇苦笑：「妳知道學術垃圾總要偽裝高深一點，不然妳以為那些大學教授的年薪是怎麼騙回來的？」

二人緩緩上斜，直至來到天橋頂端，闊長的平坦位置。欄河下，是沿著觀塘避風塘而建，車聲呼嘯而過的啟福道，再靠出一點就是寧靜無人的牛頭角海皮。

「哇，這裡風水還真不錯！」阿茹遙指遠方的維港對岸，靠近的啟德跑道：「機場還沒搬前，這會是看飛機的勝地吧。」

力奇把背包扔於地上，看著橋下的車水馬龍，隨便伸個懶腰：「所以，在這玩妳的過馬路遊戲，還行吧？」

阿茹轉過頭來，對望看著他的力奇：「話尚太早，要先試試再說。」

五

阿茹再三提起這過馬路遊戲，弄得煞有介事似的，其實不過是種在行人天橋上追追逐逐的小玩意。阿茹說是男朋友教的，也對，可她並沒說那其實是中學時的初戀男朋友。那男生是名無聊鬼，腦袋塞滿奇怪念頭，總可以隨時提出一些莫名其妙的話題。阿茹有時候會想，也許自己過分跳脫的邏輯思維，愛講白目說話，其實是遺傳自那個男生，不知道他現在在幹麼？

「遊戲非常簡單，只需馬路，一條行人天橋，兩名參加者，也就是我們。」阿茹拿出一條橡皮筋，紮起頭髮：「開始時，我們先在橋頭站好。」

二人於是步過行人天橋，來到末端。

「可以了，然後就開始過馬路吧。」

「什麼？」力奇跟不上阿茹的節奏。

「就過馬路啊，跟平常一樣可以了。」阿茹指著欄河下一臺往土瓜灣方向駕去的雙層巴士，越來越接近，快要來到二人腳下：「比如說這臺巴士，幻想我們不在天橋上，而在路上胡亂過馬路的話，為免被撞就必定要閃避它。」

說罷，阿茹忽然抓緊力奇的手，掌碰掌地緊扣。力奇有點不好意思，卻未及反應，阿茹已用力向前拉扯。踉踉蹌蹌，二人踏前一步，剛好是馬路上一條行車線[09]的距離。

下一秒，雙層巴士在二人「身後」轟轟駛過，穿越天橋底下。

「成功了！越過一條線！」阿茹興高采烈，硬跟力奇來個擊掌。看到這一幕，力奇呆住兩秒，然後苦笑——什麼跟什麼啊？這還不過是在行人天橋上進行的安全版 Jaywalking，算哪門子的遊戲？

「是啊，很刺激是吧！再接再厲！」阿茹露出勝利者的笑容，隨即又抓住他手，向前踏出一小步，成功「閃避」過一臺輕型客貨車。如是者，二人「避」過一臺私家房車、兩臺小巴、一臺交警巡邏車，直至被反方向的一臺貨櫃車突然殺出，當場「撞斃」。

漸漸，力奇跟上了遊戲節奏，有時更反客為主的拉扯阿茹，救活她好幾遍。

二人在天橋上來來回回，時而跳躍閃避，時而駐步等待，若你當晚開車途經啟福道，在國際展貿中心對開，你或會見過兩個在行人天橋上跳來躍去的笨蛋，就像踢踏舞者般嬉戲。

就像新浪潮電影，這晚天橋就是他們的香榭麗舍，二人的手牽了一整晚，始終沒有鬆開。
直至玩得滿頭大汗，二人齊齊平躺天橋上喘氣。
「你……你有喜歡的歌星嗎？」阿茹忽然問，上氣不接下氣。
「嗯哼……J．S．巴哈，他算嗎？其實我還滿少聽流行曲的。」力奇接下來正要解釋，當天唱K其實是給朋友強迫去的事。
阿茹卻無所謂，逕自說下去：「那你喜歡彭羚嗎？」
「嗄？」
「〈無人駕駛〉，聽過嗎？」
「我想是沒有……」
「我突然好想聽。」
阿茹拿出手機，熟練在YouTube的搜尋欄上輸入「無人駕駛」。搜尋結果的第一條影片，正是索尼音樂替彭羚拍的音樂錄像。影片緩衝數秒，然後傳出飄逸的電子旋律：
「你說你愛錯人，就像命運弄人，不知當初怎被吸引……」
此刻躺於天橋上，阿茹閉上雙眼，似在醞釀著什麼。力奇看著輕輕喘氣的阿茹，她衣領間，因出汗而更顯白皙的皮膚，以及始終輕掛臉上的微笑，空氣熱得彷彿可以聽到對方心跳。力奇心想，幸好有彭羚，否則這片刻的沉默將會更不自然。就在他正要開口，隨便聊點什麼時，阿茹忽然瞪開眼皮，伏身靠近力奇。沒有多餘的猶豫，她吻下去了。

六

「妳最近有事在忙嗎？」週五晚上，鴨巴甸街的西餐廳裡，阿輝問阿茹：「妳最近都沒陪我上課。」

原因是一星期有三四天的晚上，阿輝下班後要到會計師公會上銜接課程，二人難抽空約會，阿茹索性跟隨阿輝去上課。反正公會班房自出自入，阿茹坐在阿輝旁邊發呆。大概個多月來阿茹沒再去過，阿輝開始奇怪。可阿茹知道他的語氣不在責備，純粹好奇。

阿茹吃一口廚師沙律[10]，想好理由：「不，只是公司最近裁了些人，工作量增加了，要在公司待久一點吧。」老實說，阿輝若有心拆穿，這謊話可謂不堪一擊。畢竟公司假若真的裁員，阿茹這冗員必定會是名單之首。

「那會很辛苦嗎？」阿輝又問，不在意：「辛苦就不要幹哦，換個工作，別勉強自己。」

「嗯，倒也還好，不用擔心。」阿茹低頭，愧疚感使她說不出話來。

拍拖四個多月，阿茹從沒帶過阿輝回家晚飯，每當母親問起，她總會輕繞過話題，含糊混過去。也許在自己潛意識裡，阿茹從沒把阿輝視為結婚對象。可她也萬萬沒有想過，自己終究會用這種方式來回敬他。

長久以來，阿茹都以為自己是個純情的人，大學開始的兩段感情，每次總會無條件投入，分手後也抑鬱至少半年方可重新上路。也許「一夫一妻」這古老詞彙太過遙遠，可每每聽到姐妹的男友劈腿，阿茹總覺厭惡，譴責這種背叛行為，像是越過了心裡那條唯一的道德界線。或是這個單純原因，阿輝每次提及Selena，阿茹都會吃醋。

「假若某天，妳的長跑男友偷食[11]了，跪在地上求妳原諒。妳會嗎？」阿茹記得某位朋友曾問過自己。

「當然不會，不忠是大忌。」

「可如果妳倆在一起差不多七、八年呢？反正已經超久，妳不會覺得很浪費，選擇隻眼開隻眼閉嗎？」

「不可能，有第一次就會有下一次。我不能容許這種事情發生。」阿茹還清楚記得，自己當時語氣非常堅決。

阿茹曾聽過一句說話：「每個人長大後，總會變成他年少時最痛恨的那種人。」面對冠在自己頭上的不忠之名，阿茹感到泥陷般無力，也許，這就是所謂的命運了吧？當然，自己也無法開心見誠，老實告訴阿輝她下班後，其實是去了香港大學的研究圖書館找力奇。

圖書館在八點鐘關門，阿茹力奇二人有時會選擇不吃晚餐，隨便買點零食三明治什麼的，伸手攔下一臺巴士便跳上。坐上一臺不知駛往哪裡的巴士，在上層最後一排的椅子上用同一副耳機聽音樂、看窗外風景、時而亂說笑話、時而看 Roadshow 節目，這是他倆最愛做的事。直至巴士終於抵達總站，阿茹力奇便會下車排隊，等待原車返回。就像當年新機場開幕前，九巴[12]曾經辦過一些從葵涌到東涌的不停站班次，讓乘客遊覽青嶼幹線，去到赤鱲角迴旋處[13]即掉頭回程。阿茹常會想，這事也有它獨特的象徵意義，如果過去生活是趟來來回回的短途巴士，風景枯燥且從不誤點，從現在起，這一切都要變得隨機起來，每趟風景都會是從未見過的冒險。

「冷嗎？」在屯門龍鼓灘的巴士總站旁，力奇抱著阿茹：「天啊，太奇妙了，我們怎麼來到這裡了。」

四周無人，眼前是黑壓壓的龍鼓海峽，遠方發電廠的煙囪在閃爍。阿茹卻毫不介意，把手伸進力奇口袋，手握著手，笑了。「沒關係，我覺得很溫暖。」

七

阿茹有時候會奇怪，皆因力奇從沒過問阿輝的事。

二人約會（或技術上來說，你可稱之為「偷情」），每當阿輝打來，阿茹總會退開幾步，或索性到餐廳外接聽，減卻那面對面的尷尬。而每次，力奇也會特意別過頭去看書、看餐牌、玩手機，識趣避過這一切。直到某次，二人約會在尖東一家日本餐廳，阿茹終於忍不住問：

「為什麼你從不問我關於阿輝……我男朋友的事？」

力奇沉默了半晌，才含蓄輕笑，沒所謂道：「沒有為什麼啊，那妳為什麼也不問我的感情生活？」

「我有問過啊。我知道你只拍過一次拖，還已經是大學時期的事。我想我對你的感情生活很清楚，所以也沒多問。」

「我也很清楚妳的感情生活啊，我知道妳曾經有四個或以上的男朋友，現任一位叫阿輝，當會計。這樣就足夠了吧。」力奇的語氣毫不輕佻，反倒像那種經歷了萬千世事後很看得開的人，這叫阿茹更覺奇怪。

「你不會生氣嗎？不會想多問一些？」

「多問一些？我還可以多問些什麼？」

「例如我跟阿輝的相處、我們下班後都會做些什麼、週末去哪裡玩、我跟他如何認識、跟他幹那回事有幾遍了，平常都在他家或是時鐘酒店[14]或什麼的，愛用什麼姿勢……天啊，你作為男人也太被動，好歹要吃一下醋吧！」說著說著，阿茹竟真的怒了，「啪！」一響把手機敲在餐桌，叫刺身師傅也停下來偷看。

但見力奇那僅皺了一邊眼眉的沉默表情，阿茹深吸口氣，又再釋懷。自己到底是啥回事了，為何突然動怒？阿茹嘗試不把力奇與幾位前度比較，想起那些總要完全占有自己，總對女方情史問來問去，反覆推敲的大男人，她會感到羞愧，自己彷彿是個水性楊花的女子。反觀之下，這種自己不吃甜食，背包裡卻總放著幾根巧克力塊，以備自己來經時因過低血糖而暈倒的貼心男生，力奇的細心使他換來一個無可挑剔的模範男友分數。如果，他真是自己男朋友的話。

於是，阿茹低頭撒了個小謊：「對不起，這幾天生理期，心情有點恍惚。」

阿茹悲哀想到，也許自己人生都是由一串串謊話組成。此時，力奇也把唯一眼眉放下，繼續那無所謂的笑容：「剛才妳提及自己跟男朋友幹那回事，我承認，這點我是有點生氣啦。不過只是一點點，現在又還好。」

力奇搔搔後腦，像入世未深的大男孩：「這就是妳要的吃醋了嗎？」

阿茹看著力奇，就似是看著一隻從外太空飛來的怪異生物，奇異卻令人驚嘆。

「我認為，這事真沒什麼大不了。」

離開時，尖沙咀港鐵站，往香港島方向的月臺上，力奇忽然拿出一個兩蚊硬幣：「就像一片硬幣只有兩面，當我放開手時，落在地上不是正就是反。可有時候，奇蹟也會發生，硬幣或會找得某個平行點，在正面和反面間呈九十度角的直立在地上。這事玄妙，卻又弱不禁風，生怕一個呼吸便把它吹倒了。如此命運下，我們唯一需要做的，或許不是問箇中原理，問為何會發生這事、機會率有多高……不。我們需要做的，就是要在硬幣倒下前多拍幾張照，盡量享受那不知那天會終結的美好時光，這便足夠了。」

說罷，力奇把兩蚊[15]塞於阿茹掌中，合上。此時，月臺幕門震盪，列車快將到站：「妳的車子來了。」

當車門合上，看見月臺上力奇的身影越退越後，直至被隧道黑暗完全取代時，阿茹仍舊握著那枚兩蚊銀。對阿茹來說，列車穿過維多利亞港海底，再次回到香港島，多少就像那些八十年代的港產鬼片。兩條相擁一起的冤魂，黎明後終要魄散魂飛，投胎轉世。金鐘來臨前，她彷彿又要轉換身分，變回阿輝身旁的女人。

握著那兩蚊銀，雙眼一紅，阿茹終於哭了。

八

在接下來的半個月，阿茹刻意沒去找力奇。力奇好幾次傳來短訊，阿茹總會隨便發個哈哈笑公仔來蒙混過去，或撒謊阿輝在自己身旁，不便通話。而每當力奇無奈下線後，阿茹即會刪除那通 WhatsApp 紀錄，彷彿要麻醉自己，力奇並不是自己的經常聯絡人。

在這兩三個星期裡，阿茹回復認識力奇前的狀態，假日多上阿輝家過夜，下班後也多陪他到會計師公會上課。可她清楚知道這只是個自欺欺人的做法，皆因每當那有狐臭的男導師在白板前講述資產負債表的計算方法時，阿茹腦海中就只會重複播放著她和力奇在九龍灣天橋上嬉戲的片段。每每回想，明明只不過是三個月前的事，阿茹總會錯覺那已經是三年之前。

無論是多天真，阿茹心知力奇定會察覺自己正在逃避他，猶如鴕鳥把腦袋埋進沙土丘，今天越是拒絕面對，明天伸出頭時越會尷尬難堪。終於，在某個下著暴雨的周一傍晚，阿茹站在公司大堂後悔沒帶雨傘時，她居然看見力奇正頂著一把深黑傘子站在對面馬路。二人沿著軒尼詩道往銅鑼灣方向走去，一路上二人都沒說話，只能彆扭地聽著雨傘上的雨聲。

「你的傘子很漂亮。」快走至鵝頸橋時，阿茹終忍不住說：「就像頭頂永遠都是藍天白雲，自己帶著陽光出門。」

阿茹說時手指雨傘頂端，那染著藍天白雲圖的內側，跟外面形成強烈對比。力奇聽到，卻單純點了下頭，沉默應道：「嗯，不過傘子不是我的，只是從研究所裡隨便拿來。」

此時雨勢突然增大，二人惟有躲進附近的便利店中，阿茹方發覺自己裙子右側已濕透。力奇從背包裡拿出男裝外套為阿茹披上，低聲問：「為何都不找我？」

阿茹一時不留神，放空了：「什麼？」

力奇卻沉住氣，從櫃裡拿出一瓶熱維他奶[16]，給阿茹握住：「為何要避我，是我做錯什麼了嗎？」老樣子，力奇眼神誠懇，絕無半點責怪之意。

要來的，還是會來。阿茹喝一口熱維他奶，思緒混亂。

「不，你並沒有做錯任何事⋯⋯」阿茹低頭，不知道應該從何說起：「我只需要時間去思考和沉澱。」阿茹靠近牆邊，在地板上屈膝蹲了下來。力奇思索半晌，皺眉咬唇：「我不明白，是關於阿輝嗎？是他——」

「不，不是阿輝！」阿茹忽然抬頭，說得決絕：「不是阿輝，也不是力奇你。不，都僅僅是我自己。我只是……我只是覺得這一切都很可怕！真的很可怕！」阿茹哽咽，任由淚珠沿著臉頰滾下，洗刷自己的粉妝。

力奇看到，只是垂頭，不知所措。

「我一直以為自己是個專一的人，會為男朋友因為要見前度而吃醋，可當我越介懷，我卻越沒為意，原來自己是個可以當著男朋友臉，在門外跟人眉來眼去的女人。在這三個多月裡，我會愧疚，甚至發誓從此不再見你，可我控制不了，我知道自己正享受著這種感覺。每次跟你到港大圖書館、在後樓梯接吻、坐巴士後排聽歌、地鐵站不捨分手、週五晚上去時鐘酒店，然後隔天又回阿輝家裡，像啥事也沒發生過一樣，那感覺就像偷情一樣。我以為這種雙重生活距離自己很遠，直至某天，我才知道原來自己已經是那種人……我覺得這樣的自己很可怕，真的很可怕！」

阿茹的眼淚猶如便利店門外的雨水般一直下一直下，淅淅瀝瀝，直至雷雨過後，門外斜陽放晴，阿茹仍舊低頭蹲在地板上，累得像睡著了般。未幾，力奇眼神堅定的把她抱起來：「來，我帶妳去一個地方。」

二人首先乘的士經西隧過海，來到力奇位於荔枝角的家。付費後，力奇並未即時拉著阿茹上樓，只輕喚了聲：「等一等我，很快。」便逕自推開上樓。

三分鐘後，他再次出現在鐵閘後方，左右手上多了兩個電單車[17]安全帽：「有興趣遊車河嗎？」

九

阿茹從不知道力奇有駕照，以至當他從大廈後方推著這臺淺藍色，背後鑲著一幅英國米字旗圖案的 Vespa 小綿羊[18]時，阿茹還弄不清那到底是什麼回事。

「也不算駕照吧，只能開電單車，不常開，也只是玩玩而已。」力奇抹去倒後鏡的灰塵，搔搔頭：「怎樣？敢坐嗎？」

雨後的馬路濕漉漉，小綿羊在反光的柏油路面上刮劃一條又一條的輪胎水印，夾雜著「噠噠」的馬達聲，晚間從馬路表面蒸騰起來的熱氣，一切顯得格外的迷離夢幻。

路上二人並沒交談，因為剛剛哭過而雙眼紅腫，阿茹只有疲倦地倚在力奇背上，感受著拂面吹來的晚風。阿茹看到夜色中遠方的巨型吊臂，一塊一塊五顏六色的貨櫃堆，她認得這裡是葵涌貨櫃碼頭。小綿羊「咻」地掠過一排帳篷，上方寫著「還我合理工資」等標語，就是前陣子在電視上見到的碼頭工潮[19]大本營。

相比這種要為兩餐上街被剝削的生活，自己卻為兒女私情便哭得死去活來，阿茹不禁愧疚，以手背擦乾眼淚。夜間的貨櫃碼頭沒太多車輛，除偶爾駛過的貨櫃拖頭，馬路上就只得他們一臺小綿羊。力奇沿著青沙公路下方，經過所有政府船塢和海軍基地，直至來到道路盡頭，海皮[20]邊緣。

阿茹下車，脫下安全帽，發現這個小小的半圓掉頭處，正坐落在昂船洲大橋橋底。四周空無一人，抬頭七十餘米處，橋底的指示燈如科幻片的宇宙飛船般閃爍著，身前是吹著鹹鹹海風的藍巴勒海峽，對岸青衣貨櫃碼頭的璀璨燈光倒影在黑漆海面上。有海，有夜景，更重要是無人，阿茹忽發奇想，若果有人要出版一本《香港偷情聖地 Best Hiding Spot》，這地方該和石澳泳灘、飛鵝山、太古廣場等列為首選位置。

「剛考得駕照的那陣子，總會開車四處遊逛，某次無意中發現了這地方。」力奇把小綿羊靠於一旁，脫下安全帽：「也不常來，可每次有心事，或是要一個人靜靜的時候，便會來這看海。」

說罷，力奇在岸邊石墩上坐了下來。

「那你現在是有心事嗎？」阿茹想問，話至唇邊又猶豫止住，感覺這不是最好的詢問時機。阿茹輕撥髮梢，在力奇身旁坐了下來，雙腳在水平線上懸空掛著，安安靜靜的，二人無語看海。湊巧一艘巨型遊船駛過，宛如座頭鯨吟唱般「嗚」一聲的響號，海水蕩漾了起來，拍打在二人腳下五米處。也許是剛哭完，阿茹甚有倦意，低頭察看手機，發現時間早過了午夜。

「那個，阿茹……」過了許久，力奇忽然開口。夜色低下，力奇的雙眸顯得格外水潤，分不清他到底是否偷偷哭了。二人對望，叫阿茹想起那天晚上的KTV走廊。她萬萬想不到，從那幾瓶被打翻的啤酒開始，二人感情竟會發展如此，來到今天這條昂船洲橋底的現在，一切昨天，更像做夢。阿茹正想開聲應道，力奇卻吞下口水，堅定把未完的話續上。

「阿茹，日出之後，我們就不要再見面吧。」

幾年前，阿茹曾看過一部奇怪的美國電影。

電影中的一對男女在火車上巧遇而相識，發現非常投契，一見如故，決定在維也納共度一天。說也奇怪，皆因那電影沒有既定主線或劇情，純粹是兩人間的不斷對話，閒話家常的聊盡天南地北。而在電影結尾，二人在翌日天亮分開，約定半年後在同一地點再會。跟那個在天橋上過馬路的遊戲一樣，電影是阿茹的第一任男友介紹看的，當他不斷說好看好看的同時，阿茹只覺得那電影過於冗長，日常得就像在看樓下的公園阿伯下棋，或是在便利店看阿嬸收錢。當問及觀後感時，阿茹只能敷衍說：「嗯，算是一部小品吧。」即使，她根本不明白小品是啥意思。

不知何故，那晚在昂船洲大橋底下，阿茹再度想起了這部電影。事隔多年，阿茹很想再看那電影一遍，看看它是否真如自己記憶中般沉悶。也許是現場氣氛的錯誤投射，阿茹居然覺得自己像戲中那名法國女生，力奇就是那個向自己搭訕的美國男生。二人也許沒有浪漫的維也納，卻仍能在天亮前擁有昂船洲，享受彼此的最後時刻。可話到口邊，阿茹卻怎樣都想不起片名。

破曉前的四、五點最難捱，海風增大，空氣驟然降低幾度，二人迫得靠在一起，以彼此體溫取暖。

「已經好久沒試過通頂[21]了。」看到漸漸發魚肚白的天際線，阿茹傻笑起來：「畢業後就再沒試過了吧，以前趕功課常在圖書館打混至天亮。」

力奇想了想，安靜問：「那妳有試過看日出嗎？」

「沒有，每次都是回家時便已經天亮了，從沒親眼看過。」阿茹頓了一頓，即又喜道：「咦？今天不就是我的第一次嗎？」

卻見力奇想了想，嘴角帶笑的輕輕反駁：「很遺憾，昂船洲在九龍半島的西面，除非太陽自西邊升起，這裡不會看到日出。」

「那實在太可惜了。」阿茹托腮，半點認真地道：「你不能奪去我的第一次。」

力奇聽到，只好尷尬沉默：「也不是這樣說……」

十

直至日出之前，阿茹和力奇聊了好長好長的話，很多都是雞毛蒜皮的日常小雜事，更有些是埋藏在心底裡的長年祕密。坐在昂船洲大橋底下，聽著腳底藍巴勒海峽的浪濤拍打聲，二人時而大笑，時而相對無言。阿茹忽然有種錯覺，二人好像回到剛剛認識，在告士打道天橋上喝星巴克的第一個晚上。然而，當天亮回家後，阿茹竟把這些可以再拍一部文藝片的對話都通通忘卻，絞盡腦汁也想不起來，彷彿那天晚上僅是自己幻覺，現實從沒發生過。直到好久之後，每當阿茹想起那黎明前的數小時，她仍會不自覺停下手上工作，若有所思地愣上一陣。

記憶裡依稀留著小綿羊跑在清晨街道上的殘影。阿茹從後抱住力奇，鼻子抽搐，她極力忍住眼底下的淚水，生怕會沾在力奇的衣背上，被他發覺。當他們穿過空無一人的西隧時，她辛苦得再也說不出多餘的話來，只能聽著風聲，想起電影《墮落天使》中李嘉欣的一段對白：「我已經很久沒有坐過摩托車了，也很久未試過這麼接近一個人了，雖然我知道這條路不是很遠。我知道不久我就會下車。可是，這一分鐘，我覺得好暖。」

她明白，自己再也不會見到力奇了。

那晚之後，二人都遵守了諾言，彼此沒再見，更沒有刻意聯絡對方。

原則上，二人本就不是情侶，每每見面總帶點見不得光的犯罪性質，彷彿都是被聯邦調查局通緝的國際大賊。故此，二人從來沒有拍過太多合照。唯一例外是一張色調略嫌灰暗的彩色寶麗來[22]，那是他們某次在旺角西洋菜街的行人專用區拍的。每人花了二十塊錢，三十分鐘去排隊，排隊時更生怕會被熟人撞破，二人故意不交談，裝成屬於前後不同的排隊圈子。大概他們心裡始終忌諱，照片中二人都沒露笑容，更甚為彆扭地距離半個身位。直至攝影師要求，力奇才懂得在阿茹背後擁抱她，姿勢卻顯得更生硬突兀。

阿茹花了很長時間才決心把照片燒毀，看著那漸漸被火舌高溫燒至向內捲曲，繼而轉化成炭黑灰燼、縷縷黑煙的寶麗來照片，阿茹心境卻是意外地平靜。大概要哭的，都在那晚力奇的小綿羊上哭完了，阿茹感覺自己像個接受了創傷後心理治療的康復者，被催眠師移除過痛苦記憶後，便再不用覆診。從每天渴望見面，到現在只剩下 Contact List 內的一個名字，阿茹和力奇的故事彷彿從未發生過。當阿茹把錢包暗格裡，那枚力奇在港鐵月臺塞進自己手中的兩蚊硬幣，都一併花在某次的士費用後，世上已再沒物件能夠證明二人間曾發生過的一切。

自雙重身分退役下來，阿茹很快便回復過往生活：工作時間在辦公室瞎混，下班後陪阿輝到會計師公會上課，星期五晚到上環的西餐廳吃飯，週末到阿輝家裡過夜，周而復始。阿茹有時也會覺得可怕，當她赤裸躺在阿輝的 King Size 床上，看著他家天花板的義大利名牌吊燈時，她會覺得自己是個完全缺乏罪惡感的人。她不能騙自己說從沒想起過力奇，可她也開始發現，自己再不會在上課期間發呆，懷緬那夜九龍灣天橋上的過馬路遊戲，更不會當路經港大圖書館時，忍不住衝進廁所哭。不，完全沒有。阿茹開始明白，所謂情愛，或不過是一種習慣。無論你跟誰在一起，跟誰分開，省卻那肥皂劇般的驚天動地，其實只要習慣了就好。至少，她已經跳離了不見天日，猶如臥底間諜般的痛苦生活。

直到兩個月後，阿茹親眼於街上目睹阿輝和 Selena 拖手擁吻。

在那麼一瞬間，阿茹忽覺得，自己所謂的人生觀、價值觀、對愛情的種種看法，或是她對所有事物的觀看角度，其實很一廂情願。只要一陣稍強的風，把眼珠前的紗布吹開，世界隨即崩壞。在接下來的幾個星期，阿茹反覆質問自己，當初因為難忍對阿輝的愧疚感，而忍痛推走一個真心對待自己的男人，值得嗎？這決定果真是完全無錯嗎？不論想多少遍，阿茹還是沒有答案。

接著今天，劇情再次回到這個黑漆漆的K房裡，美其名是朋友為替阿茹消愁而弄出來的唱歌聚會，可當朋友都上廁所、講電話、拿食物然後離開之後，K房再度剩下阿茹一個。故地重遊，看這亮著藍燈，空氣夾滿酸臭的K房，阿茹忽然覺得，假若自己人生是部電影，那一定是部劇情不斷重複的悲劇電影。巧合地，電視忽然轉換畫面，響起前奏。

不知是誰點下又忘了唱的歌，正是彭羚的〈無人駕駛〉。

看著電視畫面上彭羚的微笑和舞姿，阿茹忽然有股衝動，要拾起桌上的麥克風：

「你說你愛錯人，就像命運弄人，不知當初怎被吸引。

相當不甘心，常在問問問問，誰帶領你去，為愛犧牲。

難道你想，不戀愛就可以，不戀愛，愛拿得起也不太易放低……」

唱著唱著，難忍哽咽，阿茹終於放下了麥克風，不再顧忌地放聲哭了。

01 K房：意指唱KTV的房間。

02 Yes Card：意指一九九〇至二〇〇〇年代香港的重要潮流刊物《Yes!》出版社以香港和其他國家流行的明星、歌手等照片發行的小卡片，放在扭卡機內發售，每張定價為港幣一元。

03 秀茂坪大聖誕：意指中秋節翌日在香港九龍東部觀塘區內的山丘住宅區秀茂坪舉行的齊天大聖誕辰節慶，為一潮汕特色的祭祀活動。

04 商臺：商業電臺的簡稱。商業電臺為香港最受年輕人歡迎的廣播電臺，孕育過不少風靡一時的電臺明星，例如軟硬天師、森美小儀等。著名歌手如林憶蓮、黃耀明也是由商臺唱片騎師出身。

05 芝華士：意指KTV房內最常見的威士忌品牌。
06 飲歌：意指最喜歡和擅長的歌曲。
07 髮蔭：意指瀏海。
08 《Twilight》：香港譯為《吸血新世紀》，臺灣譯為《暮光之城》。
09 行車線：意指車道。
10 沙律：意指沙拉。
11 偷食：意指劈腿。
12 九巴：九龍巴士有限公司的簡稱，香港最大型的巴士公司，主要經營九龍及新界的專利巴士服務。
13 迴旋處：意指圓環。
14 時鐘酒店：類似臺灣的汽車旅館，按小時收費，最著名的為「維多利亞」、「百佳」。
15 蚊：意指廣東話的「元」，有說法是一文是從一文錢的「文」變調成「蚊」的讀音。
16 維他奶：意指香港家喻戶曉的豆奶（豆漿加乳固體）飲品品牌。
17 電單車：意指大型的機車。
18 小綿羊：意指有腳踏板的機車。
19 碼頭工潮：意指香港國際貨櫃碼頭外判工人於二〇一三年三月二十八日開始發起的一場長達四十日的工業行動，以爭取增加薪酬、改善待遇，是為戰後香港史上歷時最長的一場工人運動。
20 海皮：意指海濱。
21 通頂：意指通宵。
22 寶麗來：意指拍立得。

19 地下情

一

若你問我，我是絕不相信世界上有一見鍾情這回事。

就像你永遠不曾聽說過朋友及親戚圈內有認識的人中了六合彩頭獎，一見鍾情這回事，總是反覆出現在電影、電視劇、小說、甚至只有一百四十字的微博貼內，陳腐又超現實。你會覺得它老掉牙，認真想，卻又發現從未聽說過有任何認識的人曾經有一見鍾情的遭遇。畢竟，在臉書上看見不認識的漂亮女生，按進人家的相簿裡去觀摩瀏覽一番，這絕對不可理解成一見鍾情。

馬家強，算是打破了我以上迷思的第一個人。

我是在非常偶然的機會下認識馬家強，他是那種你本身沒跟他很熟，但只要有共同朋友在場，跟他聊天的態度就會越放越開，言談間充滿挖苦譏笑的人。當然，若不是大伙兒發起去火鍋，或是到酒吧裡看足球，你是絕對不會單獨約馬家強出來，兩個不熟的人相對無言。我們都沒說出口，可大伙兒也許有著跟我相同的賤格思想——我們樂意去找馬家強，是因為我們都愛取笑他的不切實際。無論平日遇過什麼挫敗，只要比較在馬家強身上，你便會覺得自己不完全是個廢人，還有一丁點的優越感。

「前天啊，我遇見一個女生。」隔著火鍋爐滾滾白煙，馬家強述說他的開場白：「我跟她一見鍾情。」

老實說，我真佩服馬家強的直率，說話一針見血，完全不畏接下來朋輩間的搗亂和恥笑。按照慣例，我和蝦米、阿肥和高佬四人首先互看一下，臉容歪曲，強忍下巴隨時崩塌的壓力，接著在心裡暗數三秒。

「哇！」三秒後，我們用盡最大力氣，同時擠出最誇張悽厲的喪笑聲：「一見鍾情！哇哈哈哈⋯⋯」我們持續瘋笑，無視隔鄰的歧視目光，桌上碗碟被碰至東歪西倒，我原本夾起了的獅子狗，也噗通一聲地掉回麻辣湯底裡去。事實上，我沒覺得馬家強的話有這麼好笑，可你別要理，馬家強每說一句話我們便要恥笑一下，這就如新教徒在吃飯前要默禱般理所當然。

「真的，那是非常有緣的一次邂逅！」馬家強一臉無助：「就在港鐵裡！」

他說完這句，我們的笑聲更是不歇不止，蝦米更笑得溢出淚水，高佬隨即哼起陳百強的〈幾分鐘的約會〉。我趁這空檔喝了一口酸梅湯，鎮定下來：「我想知道那女生是什麼樣子？是身材好，還是像哪個明星？是那個周麗淇嗎？」我記得馬家強曾經說過，他喜歡還是《玉女添丁》時期的周麗淇。「不，先別說那個，反正漂亮女生滿街都是。」高佬連忙狡猾按住：「我更想知道，當人家看見閣下的尊容，到底有何種反應？」

「那個，我可不知道。」馬家強說。

高佬鍥而不捨：「那你有跟她說話嗎？」

「不，我們不可能講到話，她在另一臺列車裡，我們隔著半條地鐵隧道，不可能交談。」馬家強一臉認真，見我們停頓下來，遲疑中帶點傻眼，便逕自說下去：「你們有在旺角港鐵站，坐過往太子方向的列車吧？」

二

根據馬家強所講，他能夠遇見那名一見鍾情的意中人（先暫且稱呼這位不幸的女生為A

小姐）」，全賴港鐵旺角站的地底設計。

港鐵旺角站興建於彌敦道地底，若把它橫切面地分割來看，旺角站總共有四層。最上一層是連接朗豪坊與西洋菜街的行人通道，第二層是車站大堂，最下兩層則是荃灣線以及油麻地線的月臺。而馬家強和A小姐的一見鍾情，則發生在第三層月臺，亦即荃灣線往荃灣方向，以及觀塘線往調景嶺方向的轉乘月臺上。不，若根據馬家強自己的話：「一見鍾情，其實發生在月臺末端的地鐵管道中。」

「你們知道，旺角站採用島式月臺設計，荃灣線、觀塘線興建在同一樓層，若你從荃灣線的中環站上車，轉乘觀塘線往九龍塘，你在旺角站一號月臺下車後根本不必搭乘電梯往另一層跑，而是直接走到對面的三號月臺等車即可。這種跨月臺的轉車技術除了減少乘客移動，節省時間之餘，更可說是香港獨有，領先全世界城市的地鐵系統——」

「馬家強啊，慢著慢著。」馬家強說到這裡，即被蝦米打斷：「我們要聽的是你一見鍾情的故事，不是香港鐵路的發展史啊。」

「對啊，我們對你當了港鐵發言人的事完全沒興趣。」高佬附和：「我們要聽那名女生的事！女！女！女……」大伙兒再次起鬨，手執筷子敲打桌上碗碟。

馬家強臉有難色，勉強把他們壓回去：「我明白，可是你們必須先弄懂旺角站的構造，才會明瞭這一見鍾情是有多奇妙！」

其奇妙之處，在於從旺角往太子方向，荃灣線和觀塘線之間的隧道壁是打通的。要發現這點卻不容易，因為隧道裡完全沒有燈光，當你離開旺角站往太子途中，窗外除了一片黑漆漆外根本不會看到任何東西，跟別的地鐵隧道沒差。可若你夠好運（或像馬家強自己所講：「是天造地設的姻緣命運」），當對面月臺的列車同時開出，因為兩條線北行的下一站同樣是太子，在漆黑隧道中，你該會看見一臺同樣泛著白光的地鐵列車，以同樣速度近距離奔馳著。

「慢著，我完全不明白。」阿肥抗議。

可能是我經常搭地鐵路經旺角站的緣故，我倒明白馬家強的話：「我知道，我有見過，兩臺地鐵並排在一起，往同樣方向行走著，大概維持四、五秒左右便消失。感覺上以前比較多，最近就沒那麼常見了。」

「對啊，是不是！陳凡，幸好你有看過！」

馬家強直呼我全名，像個瘋子尋得知音人：「兩臺列車走在隔鄰，感覺就像混沌中，你看到平行世界的另一臺地鐵。因為隧道裡暗黑無光，唯一光源除了你自己，就是對面那臺列車，那臺列車上的每一樣細節，每一個乘客，你都能夠看得非常清楚，而就在那時候，我看見了她！順直的長髮，淡妝，只塗了一丁點口紅，雙眼大大，皮膚白皙健康，穿著淺藍色的吊帶連身裙，氣質之餘，又不失鄰家女孩的親切感——而更重要是，我非常確定，她也同樣隔著車窗看見了我！」

馬家強非常強調，他和 A 小姐是四目交投，大家也看到了大家，並意識到對方的存在。其重點當然是，馬家強很想證明，在地鐵管道裡跟別車乘客一見鍾情，這並非他個人的單方面幻想：「真的，因為隧道裡非常的黑，相比下對面地鐵非常光亮，車中的一舉一動，我這邊也可看得非常清楚！我知道她一定看到了我，我清楚知道！因為那個女生的瞳孔裡，散發著一種仰慕之情！」

唉，我知道你在想什麼，畢竟這「仰慕之情」四字，我只是照直複述。如果我是語文老師，當看到一個名叫馬家強的學生的尊容後，除會替他惋惜，擔心他早晚會做出「少年維特的煩惱」一般拿槍轟自己腦袋的蠢事外，更一定會狠批這是錯誤運用成語的範例，給予一個不合格的分數：「這個仰慕之情用得不對，那女生在黑暗中居然見到你，應該用過度受驚或是好心憐憫比較適合吧！」

而在火鍋桌上，當我和三個豬朋狗友聽到馬家強的用詞後，當下即打了個眼色，硬喝下半碗麻辣湯以遏止爆笑的欲望，也頻頻向馬家強點頭：「哦，原來如此！」一副很想聽下去的樣子。

作為當事人的馬家強卻壓根兒沒想到這些，在兩臺地鐵並排駛去的短暫時間裡，隔著兩塊相距五米的地鐵玻璃，他盡情用貪婪的目光去注視、去觀摩、去欣賞著A小姐，把人家身上的每一個細節都收歸眼底，並臨摹於腦海裡一個叫「夢中情人」的欄目下。

然後，五秒後，地鐵消失了。

列車駛過觀塘線、荃灣線的軌道交會，隧道壁再次把一切擋著，隧道回歸黑暗。

馬家強看著玻璃窗上自己的倒影，竟緊張得上下起伏，臉頰更悶出了汗，猶如剛從春夢中甦醒過來般回味：這難道不是夢？剛剛看到的，會有可能嗎？人世間，果真有如此夢幻，如此完美，如此教人要竭盡所能也要得到的女生嗎——而更重要是，她剛剛也有注視自己，並對自己同樣投放著愛慕！天啊！是這樣嗎？

想到這裡，馬家強思緒一轉，心底又已感覺抑鬱，恍如郁達夫小說中，那些為情所困，過分性壓抑的寂寞書生般慨嘆：「兩列地鐵一閃即過，就如兩條平行線般不再相遇。老天爺啊，你讓我在如此奇蹟的位置去看到夢中情人，日後再也見不了，教我如何是好呢？」

「下一站，太子。Next station，Prince Edward。」

報站系統的錄音響起，提示列車將在數秒內抵達太子站，要下車的乘客，該從列車前進方向的右邊車門下車。

對馬家強來說，這可是一言驚醒夢中人，剎那間，他甚至想坐時光機回去七十年代，向設計港鐵路線（當時還舊稱「地鐵」）的人跪拜親吻一下——託愛德華王子的福，觀塘線和荃灣線有三個共用車站：油麻地、旺角、太子！也就是說，只要馬家強在下一站太子下車，趕上剛才看見，該是駛往荃灣方向的列車，他便有機會再次見到那名女生！

「天啊，給我多一次機會，實在是感謝你了！」馬家強不禁在心裡大叫，興奮得摩拳擦掌，擠到右邊車門去準備下車。

同一時間，馬家強感到腳下微斜，一股衝力向前傾……

他知道，列車要進站了！

三

地鐵剎車，速度逐漸變慢。

馬家強駐足在右邊車門前，一邊審視車窗裡自己的倒影，一邊調節呼吸，為接下來的短跑做好準備——基於旺角站和太子站的設計完全相反，港鐵在規劃時並未把它視作兩條北行線的跨月臺轉乘站（他們認定大部分北行乘客都已經在旺角站轉車），若你想在太子站轉乘至荃灣線，就必須在下車後跑上或跑下一層。

馬家強十分清楚，待會列車停定，車門和玻璃幕門「啪噠」打開的一剎那，他必須鼓足幹勁，以最快腳力躍出車廂，到最近距離的樓梯出口處，奔上一層，來到荃灣線往荃灣方向的一號月臺。

在正常情況下，一臺地鐵從開門到關門的靠站時間只有十來秒，若要趕上那名女生的班車，馬家強必須在十秒內完成所有動作。這種爆發性的短途賽跑，對平日連幾級樓梯也省得走的馬家強來說，當然是有點吃力。

「呼！不過為了夢寐以求的愛情和幸福，這都是值得！」馬家強甚至不敢眨眼，生怕錯過車門開啟的一瞬間。

直至，列車完全停定，車門始終沒有打開……

窗外，依然是黑壓壓的地鐵隧道。

「？」馬家強瞪大雙眼，不祥預感在心裡快速地繁殖起來：「難道是——」

說時慢那時快，頭頂的錄音已再次揚聲：「由於前面列車尚未開出，本班列車將會稍遲進站，不便之處，敬請原諒。」

說罷，又用猶如宣判死刑的口吻（對馬家強而言），用英語和普通話重複一遍。要知道，相比某些歐洲大城市如倫敦，作為地球其中一條最繁忙的城市鐵路網路，港鐵除了經常趁機調高票價外，在班車準時率和減少故障方面，老實說還算做得不錯。前陣子，港鐵還加入延誤罰款機制，把因為列車故障而造成的延誤，用優惠方式回贈給市民。當然，對大部分已經被老闆怒斥上班遲到的乘客，以及對當下的馬家強來說，這種事後補救絕對毫無意義。

馬家強怒極，雙手都在震抖，情緒控制不能……假如村上春樹說過的，人生必要追尋的小確幸，也包括在冬日光線裡，抱著對面列車的那名女生喝同一杯咖啡，悠閒逛宜家家居陳列部的溫馨感覺，那麼現在，他就有絕對必要立即下車，把荃灣線列車上的女生把到手中！

「我要下車！就現在！」瘋狂的馬家強，居然伸手按仕緊急通話掣，懶理被人檢舉的危險：「你給我聽著，我手上有一千股港鐵 066 01 的股票，我是你們的老闆！我現在命令你立即開車，是立即！你在摧毀我的青春，把我一生的幸運都給幻滅！你知道嗎！開車！開門！我要下車！現在——！」

那位坐在駕駛室裡的可憐車長，明明只是按路軌旁的紅燈指示，把列車剎停還不夠兩秒時間，已聽到這突如其來的世紀大指控，一個自稱是自己老闆的人說自己正摧毀他的一生幸福，作為一個港鐵車長，他到底又能怎樣呢：「啊，請問你是幾號車廂的乘客？」他按程序回應，猜想難道這又是個便急的乘客，再忍不到五秒便要山洪暴發。

「之後呢？」高佬不禁追問。

不知什麼時候起，我們都被馬家強的故事吸引，甚至湯底中的肥牛焓[02]至熟透也沒去夾：「之後怎樣？你到底有趕上那班列車嗎？」

「沒有之後啊。」馬家強答得簡潔，臉上飲恨：「我的班車延誤了一分半鐘，到站後，樓上的荃灣線列車當然早已駛走。」

馬家強把故事說完，火鍋桌又歸復平靜，剩下麻辣湯底沸騰的聲音。

照常來說，這片刻的發言真空期，該是我和三個豬朋狗友明嘲暗諷，絞盡腦汁去搞笑（或俗語所稱「搞爛Gag」）的最佳時刻。那怕說出來的笑話全沒喜劇成分，我們仍會癲狂喪笑，以挖苦馬家強為首要目標。可此刻我們都沒這樣做。原因是我們都看見，馬家強的雙眼裡，居然含蘊著點點淚光。

「哭？為這點事哭！他瘋了？」高佬一臉驚訝，唇語問。

「神經病，快點吃完埋單走吧！」蝦米唇語答，夾起肥牛塞進嘴裡。

至於我，因為不知道該做啥，便隨便托腮，裝出一個羅丹「沉思者」的姿勢。從旁看上去，我就像看著桌上半杯酸梅湯，皺眉苦思某些哲學大難題般可笑。事實上，我從杯子的折射光線中看到，馬家強正閉氣仰頭，鼻孔擴張，強忍雙眼水珠依從地心吸力往下墜。毫無疑問，他真在哭。

大概有一至兩分鐘，我們之間都沒再說話，恰巧鄰座一群三姑六婆在討論懷疑老公集體北上嫖妓，喧嚷隨水蒸氣飄到我們這桌，氣氛更顯突兀。直至馬家強突如其來的咳嗽一下，感性道：「你們知道，我從網路上的維基百科看到，港鐵旺角站和太子站間的距離還不夠四百米，是相距最短的兩個港鐵市區線車站，車程不足一分鐘。可對我人生來說，就在這短短的一分鐘裡，至少帶來了兩個變化……」

馬家強停頓，像是賣關子等待我們去回應，顯得鄰桌的嫖妓討論更為大聲。

「啊，是哪兩個變化呢？」我做好心，硬著頭皮問。

「第一，我相信世界上有一見鍾情。」

聽到我的話，就像終於聽到導演下 Cue 的演員，馬家強急不及待：「以前我不相信，經過親身經驗卻讓我明白，假如上帝有一臺超級電腦，把塵世間的萬千瑣事和人生軌跡計算其中，祂為我鋪陳了這麼多，那天晚上，讓我跟那名女生巧合都乘坐港鐵，巧合都站在對面車廂的那個位置，巧合都往窗外看，巧合看到對方繼而喜歡上對方——這一切一切，都已經超越了巧合，而是上帝在牽紅線，命中注定。」

我很想說點什麼去反駁，他濃重的鼻音卻快讓人受不了：「第二，港鐵不可靠。若不是前班車的延遲，以我的步速，一定能夠趕上那臺列車。若真是這樣，可能我現在身邊已坐著一個女朋友了。」

飯局結束後，我們五人在金馬倫道鳥獸散。天空下起雨，我沿著商店屋簷往前方跑去，打消了跨越彌敦道去等巴士的念頭。

兩分鐘後，當我再次在尖沙咀港鐵站發現八達通已經沒錢，在客戶服務中心排隊時，站在我前方的人，正是馬家強：「啊，這麼巧，你也坐港鐵啊？」一如所有在飯局上被討論過的話題，打從離開火鍋店後，我已把馬家強的遭遇如沒味的口香糖般徹底丟棄。我卻萬萬沒料到，接下來，這故事還有即將發生的下文。

而我，更被迫飾演其中一角。

四

「往荃灣方向的列車，將於四分鐘後到達本站。」

我和馬家強站在月臺上，看著玻璃幕門中自己的倒影，為了省卻相對無言的尷尬，我只好低頭按手機。女朋友住荔景，從尖沙咀往荔景不是坐巴士就是地鐵，我卻從沒想過，自己居然會與家在大埔的馬家強同路。

「你覺得，我剛說的事情怎麼樣？」馬家強忽道。

「嗄？」

我嚇一跳，紅紅藍藍的糖果充滿手機屏幕：「對不起，你說什麼？」

「有一件事情我沒告訴你們。」

馬家強垂頭自白：「其實，打從那天開始，我每天都會去旺角站和太子站待上一陣子，或是游離浪蕩地晃來晃去，或是乾脆站在月臺上等。有時候，我甚至會不斷在兩個站之間搭乘，不論是觀塘線或是荃灣線，我都會站在同一列車廂的同一個位置，同樣往車窗外看出去，滿心祈盼，希望能在隧道彼端再次看見那張臉。你知道，每當我想起也許自己再也不見到她，心裡就會一陣難過，就像剩下來的人生已經再沒意義，並更加懷緬那改變我人生的三秒鐘。我知道心裡有一股強烈的欲望，想要認識那個可愛的女生，想跟她牽手走下去，共譜以後的人生路。啊，如果這還不算一見鍾情，那天底下就再沒有一見鍾情了吧……」

也許最近是盂蘭節[03]的緣故，聽著馬家強自白，明明是感性的肺腑之言，我卻覺得毛骨悚然：「該不會弄了這麼久，那天在隧道裡，馬家強其實是撞鬼吧？」

我忽然想起前陣子在YouTube上看到，一段自稱是從港鐵駕駛室裡拍攝，一個白衣女人從月臺上一躍而下，瞬間即被列車輾斃的畫面，背脊寒氣驟升。

手機忽然震動，原來遊戲中的糖果倒數已經結束，吃不了水果，又過不了這關。

我嘆一口氣，收起手機，想說點什麼來轉換氣氛：「我初中時常看倪匡，我記得衛斯理其中一個故事，裡面一小段，是關於一個中國的古代皇帝在沙漠裡看見海市蜃樓，本應是滾滾黃沙上的位置，居然出現一條河川，千里外的淅瀝河水彷彿觸手可及。沙漠出現海市蜃樓，這本來沒多特別，奇就奇在，那海市蜃樓居然也把河邊一個玩水的女子也反映出來。女子花容月貌，傾國傾城，漂亮到不得了，皇帝一看即愛上，也就是你說的一見鍾情，命人立即尋找這海市蜃樓的發源地，無論如何都要尋得這女子。但你知道，以現代科學來說，海市蜃樓其實是大氣層折射的光學現象，你在香港看見一棟燈塔，那燈塔可能是在日本、俄羅斯、甚至更遠的地方；即使皇帝有能力反轉整個中原，要找到海市蜃樓的發源地，又談何容易呢。」

話到這裡，我吞一下口水，沒再說什麼。

「列車即將進站，乘客請勿靠近月臺幕門。Please stand back……」

此時，地鐵也剛剛到站，我和馬家強步進列車，站在兩卡車廂中的接駁位置。

「那……」列車開動後，抵著風聲和路軌聲，馬家強於我耳邊問：「故事的最後，皇帝到底有找到那女子嗎？」

「這就是重點。」我苦笑：「我忘記故事結局了呢！」

沒多久，列車抵達旺角站，需要換乘觀塘線往調景嶺方向的乘客都會在這轉車，包括馬家強。我和馬家強於門前道別，看著他徐徐走往另一面月臺的背影，我不禁鬆一口氣。車門臨關上前，我依稀看見，對面月臺的觀塘線列車也到了。

當我再次接到馬家強的電話，剛好是二十秒後的事情。

我正站在車廂間的接駁位置，準備再挑戰糖果關卡，手機便響了。

「喂？陳凡！聽著，我又見到她了！就現在，我又見到了她！」

「馬家強？」我皺眉疑惑：「喂？怎麼了？」

馬家強猛力喘氣，聲音顫抖：「那個女生！我又看見她了，就在我面前！你自己看，兩臺列車正在平排行走！」

我當下便夾著電話衝到門前，察看窗外情況。只見外頭黑壓壓，無疑已經離開旺角站，在前往太子的隧道裡。黑漆隧道卻不是唯一，就在這爭分奪秒的一剎那，我清楚見到隧道彼端，一列發著黃光的地鐵車廂……

半秒後，地鐵消失了，隧道回復黑暗。

「過了！剛剛過了！你看到沒有？」馬家強激動問。

「我看到，那又——」

我本是想問「那又怎麼樣」，話未說完，我已經意識到問題所在：馬家強剛在旺角站下車，走到對面月臺趕上往油塘方向的油麻地線。同樣是北行，如果他在隧道裡再次見到那名女生，在跟他平排行走的另一臺列車中。

那這「另一臺列車」，其實即是……

「你跟她同車！」

馬家強隔著電話大叫：「那個女生，現在就在你那邊車子上！」

我愣住了，嘗試重組馬家強的話。

「跟那時候一模一樣……我也站在這個位置，往窗外看，見到你那邊車廂的那個位置……簡直是那天的重複！哈，謝謝！上天沒有扔棄我，命運依然保佑我！謝謝讓我再次見到她！」他的激動必然已經嚇壞列車半數的乘客。

我吞下口水，思索該如何應對：「馬家強啊，那——」

「陳凡！」還沒有說完，他已捷足先登：「這是上天給我的機會！你一定要幫我！」

他的語氣如此悲天憫人，彷彿還是九十年代初的羅湖站，甫一出關便將你團團圍住，渴望你能施捨一個錢的流浪街童：「她正在你那臺車上，就在我對面！快點，現在就去找她！我求求你，幫我去找她吧，我再也不能失去她了！」

冷不防，窗外掠過一塊廣告牌，我感到地鐵開始剎車。

「太子，Prince Edward，乘客請在右邊車門下車。」

頭頂響起司機的鼻塞聲音。

「到站了！」馬家強歇斯底里：「別讓她下車！千萬別給她跑了！攔！住！她！」

我心想那女生不一定在太子下車啊，一邊握緊扶手，抵住地鐵剎車時的反作用力：「慢著，你要我找她，先要告訴我她在哪個方向，啥樣子，穿啥衣服！」

「長髮淡妝大眼睛皮膚白皙穿淺藍色吊帶連身裙！跟那天一模一樣！」馬家強一口氣說完：「我轉車時沒走偏，應該跟你在同一號車廂裡！快點！」

我冷靜往前走，循著馬家強指示往車廂裡看，尋找符合描述的女生。大概五秒鐘後，我在右邊算過去第三道車門前方，一群等待下車的乘客當中，我看到了她：「我看到了，她準備下車。」

「快追！」馬家強喪叫。

與此同時，車門已「叮噹」打開，那女孩也消失於人群裡。

五

我隨即動身上前，希望趕上那名女生。惜香港人在嘲笑內地客欠缺文明同時，自己實在好不了多少，甫地鐵車門一開，未等車上乘客下車，月臺人群便如洩洪般擠擁進來，將我從車門旁邊撞開。

「怎麼樣？追到沒有？」電話中的馬家強緊張地問。

「人好多，下不了車！」我無力投訴。

我「嘖」一聲，責罵旁邊的人：「你們有點禮貌，先讓人家下車好不？」

豈料一個肥師奶[04]白我一眼：「那你也有點禮貌，先讓我們上車啦！」

另一個白頭漢：「老人家你也欺負！」

更有一個比較好心的大嬸：「這個站很擠，要不你在下個站下車再坐回來吧。」連這種狗屁建議也敢提出，我完全愣住了。

「神經病！」我大喝，將他們通通推開：「給我通通滾開！」

香港人畢竟欺善怕惡，經我一喝，他們還以為我是什麼「地鐵阿叔[05]」，紛紛退開，好讓我能在關門前一刻順利逃出。

「呼，終於下車了。」我鬆一口氣，雙眼不斷找尋，卻始終看不到那女生。

「我也下車了，正趕下來。」馬家強道。

「不，直接上大堂吧。」我邊說邊往行人電梯跑去：「反正她一定會上大堂。」

來到行人電梯前，宛如快速公路常會堵車的瓶頸位置，乘客居然全數集中在扶手電梯前方，人頭湧湧如年宵，旁邊樓梯卻空空如也。

「也是神經病！」我責罵一聲，飛身躍上只有二十來級的樓梯。

我喘著氣，站在樓梯頂端，環視東南西北四個方向的出閘機，留意有否那女生的蹤影。

終於，我留意到左手邊三點鐘方向，往旺角警署的出口方向，一個穿藍色吊帶連身裙的女生剛剛出閘。

「看到了！B出口！」我喪叫。

「Roger that！」馬家強回答。

我火速狂追，拿出錢包準備拍卡出閘，腰間卻「啪噹」一響，肚子劇痛。低頭看，出閘機的鐵柱卡住沒動，顯示一句紅字：「請往客戶服務部」。

「搞錯啊！」我怒罵。

我懶理被港鐵員工攔截的危險，跨欄出去。此時那女生已消失在出口走廊的轉角處，我抹去臉頰汗珠，咬住不放。

「我出閘了！你在哪？」我問馬家強。

「正在上來，電梯好慢！」馬家強著急。

聽到我不禁火大：「你也神經病嗎？跑樓梯啊！」我實在不知道，當連馬家強也只是擠電梯的時候，自己辛辛苦苦跑樓梯是為了什麼：「拜託，一見鍾情的是你！」

就是這一下猶豫，我把那女生的最後蹤跡也丟了。我站在 B 出口隧道的分岔點，一邊往花墟[06]，一邊往聯合廣場，猶豫該跑哪個方向。我沉默兩秒半，最終，我選擇了右邊往花墟的路：「馬家強，如果我錯了，可別怪我。」

「喂？什麼？」

他的聲音非常著緊：「你在說什麼？你別亂來啊，我已經在跑啦……」

我掛掉電話，跑上樓梯，宛如一尾三文魚07般逆流著人潮而上。汗水在我臉上化開，我聽到皮膚底下的血液在飆流，我突然有種異樣感，好像正為一件距離很遠，跟我一丁點關係都沒有的事情在拚命……若你問我，我是絕不相信世界上有一見鍾情這回事，直到現在這一刻都不相信。馬家強，算是打破了我這迷思的第一個人。

終於，我在樓梯盡處，看到一個長髮的背光身影，正一步一步走向出口。

我停下來，倚著欄杆喘氣，往上大喊：「小姐！等等！」

距離地面還有半步，她終於停下來，疑惑轉身，把陽光灑向我臉上。

那一刻，我笑了。

六

「所以，這一見鍾情的故事，到底是真的假的？」

手執香檳杯，站在我旁邊的女士問我：「地鐵隧道裡相遇，你是作出來的吧？」

我正要回答，酒席後卻傳來蝦米的聲音：「陳凡！你去哪裡啦？拜託，你是兄弟團之一！」我大聲回應：「來了來了！」

趁著開禮之前，我回頭向那位女士微笑：「答案啊，妳早已經知道了呢。」

01港鐵 066：意指港鐵的股票代號。
02焓：意指湯。
03盂蘭節：意指臺灣的中元節。
04肥師奶：泛指已婚中年婦人。
05地鐵阿叔：意指二〇〇六年香港網路上流行一段名為「林尚義聲線高壓阿叔搭巴士途中問候後生仔」的影片，影片中的主角「巴士阿叔」以強烈措詞高聲斥罵同車青年，引起大量網民關注。其中巴士阿叔的的罵人語句「你有壓力、我有壓力」、「未解決」等成為香港一段時間的熱門口頭禪。
06花墟：意指位於九龍太子，盆栽、鮮花的批發地。
07三文魚：意指鮭魚。

20 獨裁者與小說家

一

「為什麼要燒小說？」

「因為我是小說家。」

二

在遙遠的北方，距離這裡三天三夜的北國之境，有一座監獄。

那裡長年下雪，獄中的情況非常艱苦，囚禁在這裡的都是一些曾經名動天下，如今經已無人問津的名字。有強盜、殺人犯、貪汙犯、政治犯。他們一朝踏進這個監獄，就不用幻想他朝能夠活著離開。

獨裁者是他們其中一個。

獨裁者是前朝的獨裁者，打從他的政權倒下，就被一直關在這裡。獨裁者比所有獄卒都還要老，兩鬢斑白，終日盯著地板發呆。他年輕時可不是這樣的，翻開歷史書，你會看見他站在城樓上率領群眾的照片。當年的獨裁者狼顧鷹視，意氣風發，操弄權術出神入化，為打倒政敵不惜發動一場恐怖的群眾運動，讓全國上下陷入瘋狂。一呼號令，無數條生命以他之名而濺血。

時移勢易，一國之君成了階下囚。相傳革命軍攻進他的碉堡時，獨裁者嘗試用手槍自殺。宿命地，手槍卡彈，獨裁者被抓上了軍事法庭。在講求和平理性的新時代，以命抵命的死刑已經廢除，獨裁者躲過了死神，卻從此被困在四面牆之間，長達幾千年的監禁刑期，足夠讓他投胎轉世後繼續坐牢。

剛開始的時候，大家都怕獨裁者會東山再起，或是在監獄中以天才般的演說技巧和感染力，建立出另一個恐怖思潮。然而他們是多慮了，許多年過去，國家年號也改過幾遍，獨裁者還是依舊。起初他還會用粉筆在牆上記錄著日子，到後來，他都已經不理，每天日程只有吃飯和看著地板出神。一代霸王，恐怕他照鏡子時也不會認得自己。

這天，一位貴客駕到。

一個小說家坐了三天三夜的火車，特意前來探訪獨裁者。

獄卒們都很好奇，他們從沒見過獨裁者有探訪者，甚至不曾聽過獨裁者說話。

接見室裡，風塵僕僕的小說家摘下帽子，脫掉圍巾，呼著白氣。

獨裁者一直低頭，沒看他一眼。

灰塵在空氣中漫舞。

小說家：「你知道我是誰嗎？」

獨裁者只看著自己的腳尖。

小說家：「我不在你的探訪名單上，我是透過自己的人脈關係來到這裡的。不過他們告訴我，你的探訪名單根本沒人。」

沉默。

小說家：「也許你不認識我，可是我非常認識你。」

沉默。

小說家：「我的爺爺就是在你煽惑下被批鬥而死的。」

沉默。

小說家：「聽說他死之前後，胸脯還被人用刀子劃下你的名字。」
沉默。
小說家：「他是因為你而死的。」
沉默。
小說家：「可這不是我這次來的目的，我對這段歷史沒感。」
沉默。
小說家：「我只在乎我自己。」
沉默。
小說家：「我是一個小說家。」
沉默。
小說家：「我寫過十一本長篇小說，三本短篇小說，還有兩份電影劇本。」
沉默。
小說家：「我拿過三次文學獎，作品曾經被翻譯成四十種語言。」
沉默。
小說家：「寫作帶給我的財富，多得讓我、我下一代、我下一代的下一代，我們隨便任意去花，也不會花得完。」
沉默。
小說家：「我是一個挺成功的小說家，我不會故作謙虛。」
沉默。
小說家：「你在獄中會看小說嗎？」
沉默。
小說家：「我猜不會，因為我很瞭解你，你已經不會看小說了。」
沉默。
小說家：「我這次來訪的目的，是因為一件事情。」
沉默。
小說家：「一件小事。」
沉默。
小說家：「卻讓我非常地懊惱。」
沉默。
小說家：「每當我有作品面世，總會吸引到一群評論者。你知道評論者嗎？」

沉默。

小說家：「評論者是一群可笑的人，他們無法獨立生存，只能依附著別人。」

沉默。

小說家：「評論者依附著作家，就像蒼蠅依附著腐肉。」

沉默。

小說家：「他們不是創作，也不會創作，卻能肆意評論別人的創作。」

沉默。

小說家：「就像皇帝身旁的太監，他們從不會做，也從不能做，卻總是教導著太子該怎麼做。」

沉默。

小說家：「混帳的世界充滿了假道學，濫竽充數，見風轉舵，所以批評能夠定斷一切。當他們說好，大家就會說好，當他們說不好，大家就會說不好。」

沉默。

小說家：「你說，荒謬嗎？」

沉默。

小說家：「我覺得很荒謬。」
沉默。
小說家：「可是我很在意。」
沉默。
小說家：「我很討厭自己的在意，可是我身不由己。」
沉默。
小說家：「我也很荒謬。」
沉默。
小說家：「你知道，每當我有新的作品面世，這群評論者總會傾巢而出，有褒有貶。」
沉默。
小說家：「每一次文學聚會上，我總要捧著香檳，裝出落落大方的樣子，聽著他們在那邊講。」
沉默。
小說家：「嘔心。」
沉默。

小說家：「我也很嘔心。」

沉默。

小說家：「無論是那一個評論者，是踩[01]是讚，他們都有一個共同的問題。」

沉默。

小說家：「他們總是問，為什麼回不去？」

沉默。

小說家：「為什麼我的小說，總是不能回到第一本的純粹？」

沉默。

小說家：「純粹。」

沉默。

小說家：「純粹？」

沉默。

小說家：「到底是什麼意思呢？」

沉默。

小說家：「可笑。」

沉默。

小說家：「這麼多年來，無論我寫過多少本書，贏過多少個獎；無論我對寫作這門手藝有多深刻的體會，對創作這回事有多自覺的犧牲；無論我對歷史、文化、哲學、人民風俗、上至天文下至地理的科普知識有廣泛的涉獵，對恆河沙數的前輩和後輩們有多謙虛的敬意……評論者還是會說，沒有了那分純粹！」

沉默。

小說家：「純粹呀，那到底是什麼意思呢？」

沉默。

小說家：「是心無雜念的意思嗎？」

沉默。

小說家：「是初生之犢不畏虎的銳氣嗎？」

沉默。

小說家：「是氣質獨特的靈氣嗎？」

沉默。

小說家：「還是別的什麼呢？我想不通。」

沉默。
小說家：「我今年三十九歲了。」
沉默。
小說家：「我第一次發表小說的時候，十九歲。」
沉默。
小說家：「所以呢？」
沉默。
小說家：「難道我寫了二十年的小說，都是白過的？」
沉默。
小說家：「他們常說，一個人的成功和他願意投放的時間，是成正比的……」
沉默。
小說家：「那這二十年算什麼？」
沉默。
小說家：「我這二十年，算什麼？」
沉默。

小說家：「難道我默默筆耕了二十年，都不如那年十九歲的我自己嗎？」
沉默。
小說家：「荒謬。」
沉默。
小說家：「好荒謬。」
沉默。
小說家：「更荒謬是……」
沉默。
小說家：「他們其實是對的。」
沉默。
小說家：「我是知道的。」
沉默。
小說家：「那些評論家。」
沉默。
小說家：「他們說我寫不回去我那時候的水平。」

沉默。
小說家：「他們其實是對的。」
沉默。
小說家：「因為，那時的我根本不會寫小說。」
沉默。
小說家：「我十九歲發表第一篇小說叫〈蘭花賊〉。」
沉默。
小說家：「〈蘭花賊〉的故事，講的是愚人船。」
沉默。
小說家：「在很久很久以前，這片土地上有一群瘋子，當時的人無法接納這群瘋子，害怕他們，把他們都趕上了一條船，放逐到大海裡，任他們自生自滅。開船之前，正常人問瘋子們，如果只可以帶走三樣東西，他們會帶些什麼。瘋子們答，泥土，種子，和希望。正常人都笑了，隨便給了他們一把泥土和幾顆種子，就把愚人船解綁了。如是者，愚人船在大海上飄浮了數載，神奇地，這群瘋子並沒有一如期待地死去，而是憑著雨水和大海中的魚，奇跡活了下來。直到海流把愚人船帶回岸邊，瘋子們再次回到這片土地，卻發現土地上的人因為貪婪而發動戰爭，互相殺戮，早已經滅絕了，只剩下最後一個苟延殘喘的正常人。唯一的正常人看見瘋子們回來了，驚訝得說不出話來，看見其中一個瘋子捧著一株蘭花，正是當初的那堆泥土種出來的一株蘭花。他從來沒有看過這個品種的蘭花，藍色的，很漂亮。瘋子卻告訴他，花不是藍色，是黃色的。正常人到斷氣之前卻始終看見，只能看見，那株蘭花，是藍色的。故事到此，我們該問的是，那株蘭花，到底是藍色，還是黃色——到底誰才是正常人，又誰才是瘋子？」

沉默。

小說家：「我說。」

沉默。

小說家：「〈蘭花賊〉嘛。」

沉默。

小說家：「根本不是我寫的。」

沉默。

小說家：「我是偷回來。」

沉默。

小說家：「我不是一個作家。」
沉默。
小說家：「我不配。」
沉默。
小說家：「我只是一個剽竊者。」
沉默。
小說家：「一個賊。」
沉默。
小說家：「故事的原名叫〈蘭花〉，因為我，我把它改名叫〈蘭花賊〉。」
沉默。
小說家：「這下，你終於知道我是誰了吧？」
沉默。
沉默。
沉默。
獨裁者的視線，從自己鞋尖，慢慢提高到小說家的臉上。

二人對望。
小說家：「我說。」
對望。
小說家：「〈蘭花賊〉的真正原作者……」
對望。
小說家：「應該是你吧？」

三

「為什麼要燒小說？」
「因為我是小說家。」
「我不懂。」
「我考不上大學。」
「所以呢？」
「我要放棄寫作了。」

「寫小說就一定要讀大學的嗎？告訴我，歷史上多少個偉大的小說家是真的念過大學的，而大學裡又有多少個所謂教授，是有在寫小說的？」

「你不懂。」

「讓我懂。」

「前天我帶著我的文稿到舊城區，我把口袋裡最後的五毛錢都花在一杯熱可可上，在咖啡廳裡等待一個根本不會來的編輯。」

「這並不代表你要放棄。你是我見過最有寫作才華的人，我不會寫作，可是我會看人，也會認字。相信我，當我說你寫的東西好看，那就代表你寫的東西真是他媽的好看。世界早晚一天會承認你寫的小說的。」

「太晚了。」

「什麼意思？」

「那天在咖啡廳裡，我等不到編輯，可遇上了另一個人。」

「誰？」

「一個相士。」

「吉普賽的嗎？」

「東方來的。」

「他說什麼？」

「他說的東西很奇妙，我從來沒有過這種經驗。他說，我命中註定有兩條路可以走，而我只能挑其中一條。第一，我會成為世界上最成功的小說家，這個城市，這個國家，這個世界的每一個人，他們都會知道我的名字，讀我寫的文字。」

「看，這不跟我說的都一樣嗎？」

「可是，這都會在我死後才發生。」

「什麼？」

「相士說，命中註定，我寫的東西不會給現在的人認同，只有我一天在世都不會，我要永遠捱窮。」

「荒謬。」

「而在我死後不久，一次偶然的契機，我的作品將會重見天日，到那時候，我寫的東西才會開始有價值。在那之前，我都要兩袖清風。」

「實在是太荒謬了。」

「他說，所以我應該考慮另外一條路。」

「是什麼？」

「政治。」

「什麼？」

「當一個政治家，加入政黨，獲得權力，再自組政黨，獲得更大的權力。他說，假若我從政，我的命註定會成功的，我有狼顧鷹視之相，就像我操弄文字，我操弄權術也會同樣出色。他說，儘管我的手段不會被世人認同，權力卻一直會在我的手中。那怕我死後是遺臭萬年，只要我一天在世，我就享得榮華富貴！我可以得到這個國家！我可以得到這個世界！這是我的命。」

「……你瘋了。」

「要不花開富貴，要不全軍墨盡，他說，我今年就得選擇。」

「你今年才十九歲！」

「我決定了，我要選擇第二條路。」

「我只知道你有兩條路，第一條是寫作，第二條都是寫作！」

「相士說，一旦選擇了，這一輩子都絕對不能回頭。」

「別再說了！」

「不可以回頭，一輩子都要徹底忘記，另外一個自己。」
「停止吧！」
「我選擇了，我選第二條路。」
「……停！」
「我是一個小說家。」
「……你是！」
「今天之後，不再是了。」
「……別說了。」
「可是我不要再等了，我永遠都不要再等了。我要成功，我要全世界都知道我的名字。
我只能放棄寫作。」
「……求求你別再說了，你這樣我很傷心！」
「我要把我所有文字都燒毀，一字不留！」

四

日上三竿，鐵窗外開始透進陽光。

灰塵在冬日的光線中繼續漫舞，有一種暖和了小許的假象。

二人繼續對望。

小說家：「十九歲那年，我們家破產了，舉家搬到了市外一棟舊磨坊去居住。舊磨坊有四層，我住最高一層，那裡有一張上手留下來的舊書桌。當時的我非常高興，那是我人生裡第一張書桌。當然，那時候的我並不知道，這張書桌將會改變到我的人生。」

對望。

小說家：「事情發生在那年夏天，我在書桌背面發現到夾層，有人把書桌的柚木層挖空了，放進了什麼，然後又用膠水把外面重新封起。」

對望。

小說家：「夾層裡放著的是一篇小說。」

對望。

小說家：「二十頁紙，墨水筆寫，真跡。」

對望。

小說家：「紙張上甚少有塗改的筆跡，後來我才明白，那是代表著寫那小說的人是思如泉湧，一氣呵成地就把整篇故事都寫好了。」

對望。

小說家：「那篇小說就是〈蘭花〉。」

對望。

小說家：「你知道，當時的我根本不愛閱讀，平生沒讀過幾本書。可我永遠都會記得，那個下午，我就在舊磨坊的窗邊，聽著窗外蟬聲，把這二十頁紙一氣呵成地讀完了。」

對望。

小說家：「我從來沒有讀過那麼精彩的故事。」

對望。

小說家：「直到現在，都再也沒有。」

對望。

小說家：「我有嘗試找過〈蘭花〉的原作者是誰。我有到過舊書店、圖書館、大學裡的文學院，可是即使是最有智慧的老學者，他們都從沒聽說過，一篇叫作〈蘭花〉的小說故事。

當時的我想，這份小說，要不是一個神祕的高人故意留下，卻基於某種原因選擇不去發表，隱藏起來。」

對望。

小說家：「要不，就是上帝給我的一份禮物。」

對望。

小說家：「我被〈蘭花〉感染了，從那一刻起，我意識到世界上有一種東西，叫看故事，同時又有另一種東西，叫寫故事。看故事和寫故事，是人世間最美妙的兩件事。」

對望。

小說家：「我偶然得知，某份新辦的報章正在收集小說原稿。」

對望。

小說家：「如果故事是一頁門，那刻的我一直在門外看，我很想踏進去，領略到講故事是怎麼一種感覺。」

對望。

小說家：「可是我沒才華，根本不會寫作。」

對望。

小說家：「所以我把〈蘭花〉投了過去。」
對望。
小說家：「我很心虛，很怕給人發現，可是一無所有的我，根本沒什麼可以輸。」
對望。
小說家：「於是，我把小說的名字改成作〈蘭花賊〉，投了過去。」
對望。
對望。
對望。
小說家：「我沒有猜到〈蘭花賊〉會如此成功，順利刊登，更獲得空前絕後的迴響。那個夏天，大街小巷都張貼著我的名字，出版社紛紛向我招手，所有人都稱呼我為天才作家。」
對望。
小說家：「我只是個庸才。」
對望。
小說家：「真正的天才，是你。」
對望。

小說家：「〈蘭花賊〉所有的榮譽，都歸你。」

對望。

小說家：「可是我很努力。」

對望。

小說家：「我真的很努力。」

對望。

小說家：「為了填平我的心虛，我必須繼續寫下去，寫我自己的故事。」

對望。

小說家：「在那幾年間，我沒有一天是歇下來的，每個白晝，每個夜晚，我都在想故事。」

對望。

小說家：「上帝待我不薄，祂看出我的努力了，於是給我機會和寬容，讓我一直可以寫下去。」

對望。

小說家：「我進步了，從短篇小說，開始寫到長篇小說，第一本，第二本，第三本，全都賣得很好。大型出版商爭先搭購我的版權，我變得很有名了。而我始終沒有歇下，我一直想，一直寫，慶幸是，我真的進步了。」

對望。

小說家：「我是個庸才。可是我很努力。」

對望。

小說家：「這麼多年來，我一直視〈蘭花〉為假想敵，我的模仿對象。」

對望。

小說家：「我以為只要夠努力，我就可以超越它，走我自己的路。」

對望。

小說家：「我想，我還是失敗了。」

對望。

小說家：「評論者都說我失敗了。」

對望。

小說家：「他們也許沒有看出〈蘭花賊〉根本是另外一個人的手筆，沒有人會懷疑一個十九歲的少年會邪惡到剽竊別人的故事。」

對望。

小說家：「可是，他們毫不費勁就看出來，兩者的分別。」

對望。

小說家：「我缺乏純粹。」

對望。

小說家：「我只是一個臨摹的人。一個懂得把文字量化，以精密的計算來砌積木的人。」

對望。

小說家：「我永遠都不會放第一塊磚頭，只會在別人的地基上繼續建造。」

對望。

小說家：「我永遠都不會無中生有，只會在既有的筆跡上畫蛇添足。」

對望。

小說家：「我是一個不會創造的人。」

對望。

對望。

對望。

小說家：「後來，我花盡我的人脈和能力，嘗試找出當年在舊磨坊裡的那一張書桌，到底是從何來。」

對望。

小說家：「我知道這樣，我就能找出〈蘭花〉的原作者。」

對望。

小說家：「確是如此。」

對望。

小說家：「從舊磨坊我知道了艾法市集，從艾法市集我知道了收舊物的販子，從收舊物的販子我知道了三隻象酒吧，從三隻象酒吧我知道了曾經住在那裡的閣樓，一個名叫蘇菲的少女，從那個叫蘇菲的少女，我知道了她年少時曾經愛過一個青年，一個滿有才華，卻鬱鬱不得志的文藝青年。」

對望。

小說家：「你。」

對望。

小說家：「從你，我知道了你的故事，你當日在咖啡廳遇到，那個來自東方的相士。」

對望。

小說家：「從那個相士我知道了，如果命運選擇了另一條路，如果世界上有另一個時空，那裡不會有獨裁者，不會有群眾運動，不會有批鬥，而我的爺爺也不會死。」

對望。

小說家：「我知道了，歷史之所以是歷史，是因為那個一直愛你，相信你的女孩，在你決定把所有小說都付諸一炬的時候，偷偷把其中一篇救了出來，藏在她的書桌夾層中。她猜，如果相士說的是真的話，總有一天，這篇小說會被後人找到，得到它應得的喝采。而你一直都不知道，這個心愛你的女生，在你之後將會發動的權鬥活動中，被瘋狂的人民活活批死了。」

對望。

對望。

對望。

小說家：「原來我一直學習著的，幻想著的，拚盡全力想要超越的故事，居然出自一個十九歲的少年的手。」

對望。

小說家：「十九歲那年，我只是個賊。」

對望。
小說家：「你是真正的天才，你只是選擇了另一條路。」
對望。
小說家：「也許那個時候的你已經忘記了故事，忘記了蘇菲，也忘記了另一個你自己。」
對望。
小說家：「可是，許多年後的現在，坐在你身前，一個卑微的小說家，我。」
對望。
小說家：「我懇求你。」
對望。
小說家：「告訴我。」
對望。
小說家：「教導我。」
對望。
小說家：「到底要怎麼寫……」
對望。

小說家：「才能寫出純粹？」

對望。

小說家：「獨裁者呀，在你老弱的軀體內，一定還存在著一個十九歲的你，一個小說家。」

對望。

小說家：「天才小說家呀，請你教導我吧！」

說罷，小說家站了起來，跪倒在獨裁者面前。

叩頭

小說家力歇聲嘶：「我願意押上一切！」

叩頭。

「我願意把我一輩子所有的財富和名譽都捨棄！」

叩頭。

「我願意讓世人知道我的剽竊！」

叩頭。

「我甚至可以運用我的能力，讓你提早出獄！」

叩頭。
「我跟現在的首相非常熟絡，我可以讓他協助，把你特赦！」
叩頭。
「外面是美麗的新天地！一切都是有可能的！」
叩頭。
「只要！」
叩頭。
「你願意教我怎麼寫小說！」
叩頭。
叩頭。
叩頭。
灰塵繼續漫舞，陽光繼續隨著地球的軌跡而緩慢移動。
年老的獨裁者始終不語，讓鐵窗外的陽光，安靜地沐浴著自己。
此時，小說家聽到了什麼聲音，微微仰頭。
獨裁者在哭泣。

淚水沿他的面頰，一直滑落到他白色的鬍子。

他的衣服。

他的腳尖。

小說家十分驚訝，他看見了，獨裁者正一邊在哭，一邊在笑。

像是為著最悲傷的事情而哭，也像為著最幸福的事情而笑。

既哭且笑。

獨裁者伸出滿布皺紋的手指，緩慢地，在空氣中畫出一個圖案。

一朵蘭花。

久違地，數十年來，獨裁者開口講話了。

「這朵蘭花……」

小說家屏氣凝神。

「……你看見的，到底是藍色？還是黃色？」

五

那天下午，獨裁者死了，就在監獄的接見室裡。他死得沒有痛苦，也沒有恐懼。就像一個昏睡了的嬰兒，坐在椅子上失去了呼吸。

同一個下午，離開了監獄後的小說家，被人發現在火車站的廁所裡吊頸自盡。警察在附近的空地裡找到了一份被燒過的稿件，上面寫著什麼已經無從判斷，可是有目擊者聲稱，焚燒稿件的正是那位舉世知名的小說家。

那天下午，遙遠的北國，又開始降雪了。

那天的雪好特別，有顏色。

路上的人都說是藍色。

監獄裡放風的囚犯們卻說，雪是黃色的。

01 踩：意指批評。

××
臺版後記

七歲那年，我寫了我的第一篇故事。我清楚記得那個畫面，我拜託父母從文具店買了一疊四百字原稿紙，抽出兩張，握著一枝中華牌鉛筆，就開始寫了。那是一篇叫〈大王烏賊〉的故事，關於一隻深海烏賊從天而降，在陸地上橫行，像特攝片的一個浪花就能把整個國家淹沒。我清楚記得那個畫面，當我把兩張原稿字填滿，並認為真正的作家都是可以出版，而出版都是用電腦打印的，於是又拜託父母把這兩頁原稿字都打出來。時至今天，我的父母都是不懂中文輸入的，他們為了滿足兒子的奇怪願望，半夜用手寫板一個一個字地把這篇〈大王烏賊〉打出來，爸爸還因為過分疲倦而不慎撞到桌子，額頭貼上膠布。

翌早，我神氣地拿著這份打印出來的〈大王烏賊〉回學校，裝出一個很偶然的樣子，讓班導師經過時好奇閱讀，然後大讚我的創意，更鼓勵我在全班同學面前朗讀出來。我永遠記得，當同學們都因為我的故事而吸引，停下手上正在轉動的橡皮擦時，他們的眼神。趾高氣揚的我還不懂臉紅，以為同學們（特別是女同學吧）都是拜服在我的才華之下，眼中流露著的是欣賞。直到好多年之後，成為了全職編劇的我，在一次劇本會議上再次看到了那種眼神。這次，我終於明白那種眼神絕對不是個人崇拜，也不是誰要拜服在誰的才情之下。因為這次，展出那種眼神的人，是我自己。

那是喜悅的眼神。一種被故事吸引、鉤住、感動的喜悅。一種從惱人的現實中暫時抽身，跳進一個不真正存在，卻又能共同享有的故事世界中的喜悅。一種有著不同生命軌跡，卻都被同一個故事吸引，發出共同頻率，像個神經病般一同看著空氣中的某個方向微笑的喜悅。我想，創作人憑其一生，一直想尋找的，就是能夠再次見到這種眼神。眼神讓我們知道，在故事世界裡，作者和讀者，書中人與書外人，大家都不是孤單。

本書收錄之二十個短篇，均為過去幾年間替香港的報章雜誌所寫，大部分的故事都曾經被香港的茶杯出版社結集出版。感謝臺灣的逗點文創結社對這些故事有興趣，提議推出一個臺灣修訂版，讓我有機會重讀這些奇奇怪怪的小故事。我是那種過了一段短時間就已經不太敢重讀自己文字的人，總是覺得過去的自己是如此任意妄為，少不更事。就像那一陣子在讀什麼書，生活處於什麼狀態，就嘗試寫著什麼樣的故事，以致書中的故事雜食，劃滿莫名其妙的青春痕跡。為了沖淡這種難堪，除了在過去的文字上稍作修正，我又提議在臺版裡加上幾篇全新的，都是我在這幾年間，同樣以 Mr. Pizza 名義發表過的故事。

感謝在這堆故事誕生時陪伴在我身邊的每一個人，更感謝每一個讀者，如果這些愚蠢的小故事，能夠讓諸位在日常中稍頓，看著空氣中的某個方向傻笑，甚或得到半分樂趣，就像當年在班房裡停止轉動橡皮擦的那群小學生，那就已經是我的莫大榮幸。

言寺
63

把砒霜留給自己

作者　Mr. Pizza
總編輯　陳夏民
編輯　達　瑞
封面繪圖　潘家欣
版面構成　adj. 形容詞

出版　逗點文創結社
地址｜330桃園市中央街11巷4-1號
網站｜www.commabooks.com.tw
電話｜03-335-9366
傳真｜03-335-9303

總經銷　知己圖書股份有限公司
臺北公司｜臺北市106大安區辛亥路一段30號9樓
電話｜02-2367-2044
傳真｜02-2363-5741
臺中公司｜臺中市407工業區30路1號
電話｜04-2359-5819
傳真｜04-2359-5493

印刷　通南彩色印刷有限公司
ISBN　978-986-96837-7-7
定價　350元
初版一刷 2019年7月

Commabooks Publishing House is an experimental project which aims to explore the possibility of books and the art of publishing.

國家圖書館出版品預行編目（CIP）資料｜把砒霜留給自己／Mr. Pizza 著.
—初版.—桃園市：逗點文創結社，2019.07｜272面；12.8×19 公分. —（言寺；63）
ISBN 978-986-96837-7-7（平裝）｜857.63｜108008739

把砒霜留給自己

「把我的悲傷，留給自己，
妳的美麗，讓妳帶走……」